木偶奇遇記

The Adventures of Pinocchio

卡洛・科洛迪◎著

曾銘祥◎改寫／繪圖

晨星出版

木偶奇遇記 CONTENTS

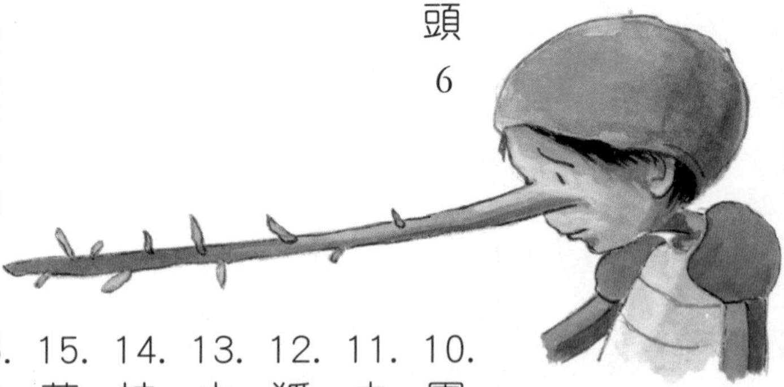

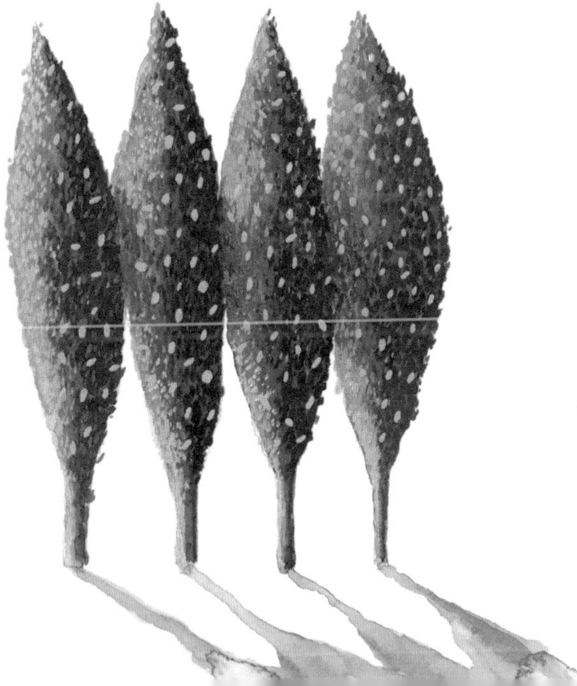

推薦序

文／嚴秀鳳（台南市大港國小校長）

現在的小朋友很幸福，書本的精緻度日益精美，書籍的內容也隨著創作者的增多、世界書籍的流通，因此有看不完的書，很多書本都很有趣，很多書本也都在傳達真理，但是有一種書叫做經典，也就是在經過長久的歷史洪流的篩選下，依然歷久不衰的作品。《木偶奇遇記》就是這樣一部伴隨著每個人從小孩長成大人的經典書籍。

經典代表著經得起挑戰，就如同這本《木偶奇遇記》勇於挑戰傳統，敢於創新，以當代藝術家的精筆刻畫出的細膩圖片，以及流暢而優美的文字，顛覆閱讀的感官，不同於繪本，也不同於一般書籍，結合了兩者的長處，融會出一種趣味的閱讀方式，讓文字盡情地激發讀者的想像力，讓想像力可以適度地從圖片中得到回應，是一種耳目一新的感動。

這種新穎的閱讀方式，讓讀者可以輕鬆地感受到閱讀的趣味，更能啟發閱讀的興趣，相信可以使現在害怕閱讀的學童克服對書本的恐懼，更能引發對閱讀的喜愛與享受，在茫茫的書海中，一定有一些閃亮的珍珠能夠吸引人的目光，而這本《木偶奇遇記》做到了。

1. 木匠櫻桃先生與神奇的木頭

木匠安東尼先生，人稱櫻桃大師，因為他紅亮的鼻子，好像紅櫻桃。

有天櫻桃先生發現了一塊特別的木頭，正想拿來設計成一張小茶几，當他舉起斧頭準備削去木頭外皮時，不知從何處傳來微弱的聲音：「下手輕點喔！」他驚訝地四處張望，想找出是誰發出聲音，但卻一點影子也沒有，他還打開大門往街上望去，還是沒人……

櫻桃先生自言自語地說：「一定是我老了，耳朵有問

題！還是趕緊工作！」他再度舉起斧頭，朝木頭劈去。「呀！好痛！」這聲音比剛剛更大聲，老木匠努力想找出聲音的來源，卻沒有收穫，最後還是放棄尋找了。

為了揮去心裡的恐懼，老木匠開始哼著歌工作，當他來回來回鋸著的時候，又聽見有人發出咯咯咯的笑聲在說：「快住手，你弄得我好癢！」

這次，老木匠相信那個聲音確實存在，嚇得連紅鼻子都變成青色的呢！

2. 二位老木匠的大戰

這時候，有人敲門，「進來吧！」老木匠已經驚嚇到沒什麼力氣說話，來的是老木匠的好朋友傑貝托，他戴著一頭澄黃色的假髮，看起來就像是一盤玉米糊，偏偏傑貝托又非常痛恨別人叫他「玉米糊」。

「早呀！安東尼先生。」傑貝托說，「你為什麼坐在地上呢？」

老木匠不願承認自己的狼狽，便胡亂回著：「我在教螞蟻識字。」

「傑貝托，是什麼風把你吹來呢！」老木匠邊說邊站了起來。

傑貝托說：「今天我突然想到要做個木偶，一個很棒的木偶，他會跳舞，會劍道，會翻筋斗，要是有這個木偶，我就可以帶著他環遊世界，賺錢好好過下半輩子，你說這主意怎樣？」

「好極了！玉米糊！」那個神祕的聲音再度響起。

這下子糟了，傑貝托竟然聽到「玉米糊」這個綽號，於是他轉向老木匠，氣沖沖地說：「你為什麼要惹我生氣？」

「是誰惹惱你了呢？」

「是你，是你叫我『玉米糊』！」

「我才沒有！」

「我明明就有聽到。」

他們兩個老冤家總是這樣愛吵嘴，這回居然還互相拉扯對方的假髮，打起架來，越打越兇，直到二人的手中都拿著對方的假髮，才終於停下來，兩人決定還給對方假髮，握手言和，並且發誓要做永遠的好朋友。

傑貝托想起自己是來要一塊做木偶的木頭，老木匠想到原本打算做小茶几的木頭非常適合，正當老木匠要把木頭交給傑貝托的時候，那塊木頭竟然自己震動起來，最後飛出老木匠的手中，打中了傑貝托的小腿！

「這就是你送我禮物的方法嗎？」

「我發誓！我沒有！」

「你說謊！」

「傑貝托，都是這木頭的錯！」

「難道這木頭會自己飛過來嗎？」

「我沒有把木頭丟到你腿上，玉米糊！」

傑貝托又聽到那刺耳的三個字，再也忍受不住，整個人撲向木匠，兩人進行第二次的大戰，打完後，老木匠的櫻桃鼻子多了二道傷痕，傑貝托的外套則少了兩顆釦子，彼此都沒有輸贏，於是又握手言和，再次發誓要做永遠的好朋友，傑貝托向安東尼老木匠道謝後，一跛一跛地帶走了那塊木頭。

3. 小木偶皮諾丘誕生

傑貝托的工作間在地下室，家具非常簡單：舊椅子、破茶几，以及一張不太可靠的床。一回到家傑貝托等不及，馬上拿起工具，開始製作他的木偶，邊做邊自言自語地說：「該幫他取個什麼名字呢？」，一會兒他就決定要把他取名「皮諾丘」，相信這個名字肯定會為自己跟木偶都帶來好運，因為傑貝托認識一戶富有人家，全家都叫皮諾丘，這個皮諾丘家族，生活過得棒極了！

傑貝托邊想著邊雕出木偶的頭髮、額頭，接著是眼睛。奇怪的事情發生了！木偶的眼睛竟然在轉動，而且直視著他，完成眼睛後，傑貝托又開始雕起鼻子，但是雕好的鼻子開始長了起來，才一下子時間，木偶的鼻子長到無邊無際了！

傑貝托趕緊把鼻子削短，接著雕著嘴巴，而嘴巴尚未完成的木偶竟開始笑了起來，傑貝托不再理會木頭的任何表情，繼續雕出木偶的下巴、脖子、肩膀、肚子、手臂及雙手，木偶就快完成了，專注的傑貝托抬起頭時才發現木偶手上拿著他的假髮，「皮諾丘，快把假髮還

我，你這個壞小孩，我都還沒把你做好，你就對爸爸不敬，這太不像話了！」

他傷心地繼續做著剩下的腳和腿，木偶才剛完成，傑貝托的鼻子就被踢了一下，傑貝托早就料到會有這麼一記，卻也已經來不及了！

傑貝托抱起木偶，帶著皮諾

丘練習走路，慢慢地皮諾丘開始自己走了起來，沒多久已經可以在屋裡跑來跑去，然後一溜煙地跑到街上去了！

可憐的傑貝托沒命似地在後面追著，皮諾丘的雙腳打在石頭地板上噠噠作響，「捉住他！捉住他！」傑貝托沿著街大叫，路上的人們見著這景象忍不住哈哈大笑，事情鬧大了，警察擋住了整條街，然後一手拎起了小木偶的鼻子交給了傑貝托，傑貝托一邊向警察道謝一邊責備木偶說：「跟我回家去，看我怎麼修理你。」街上的人們議論著這下小木偶肯定會完蛋，一定會被削成柴火燒了，真是可憐啊！警察聽到這些耳語，反而抓起了傑貝托放走皮諾丘，傑貝托傷心地被警察帶走，關進了大牢！

4. 蟋蟀的忠告

傑貝托雖然沒犯大錯卻被送進了監獄，被放走的小木偶飛快地逃回家裡。回到家的皮諾丘安心地大呼一口氣，然後在房裡聽到「喀哩！」「喀哩！」的聲音。

皮諾丘害怕地問：「是誰？是誰在發出聲音？」

「是我！」

皮諾丘轉身一看，原

來是一隻大蟋蟀。

「我是隻會說話的蟋蟀，住在這裡已經一百年了。」

皮諾丘說：「這房子是我的，快離開這個房子，不要再回來了！」

「在我離開之前，請聽我告訴你一個真理。凡是忤逆父母，離家出走的小孩，他們在世上一定會處處碰壁，早晚會為自己的行為感到後悔。」

「隨你說吧！到了明天，我就會離開這裡，要是留

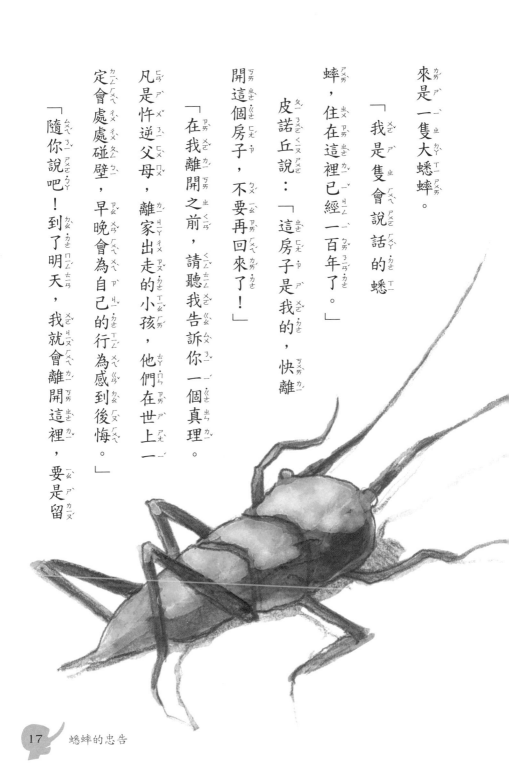

下來，就必須和其他的小朋友一樣上學，而我呢？我對上學一點興趣也沒有，我要每天在野外玩耍，爬到樹上嬉戲，把小鳥從樹上抓下來玩，這要比上學讀書有趣多了！」

「可是你不讀書識字，將來你只是個木頭，沒腦的大笨驢啊！」

「閉嘴！你這不吉利的蟋蟀。」

儘管皮諾丘無禮頑皮，蟋蟀還是像個老學究一樣耐心地說：「再不然你總得學個一技之長，讓自己成為有用的人呀！」皮諾丘沒耐心地回答：「這世上有很多事情該學習，可是我只想要做一件事，那就是吃、喝、睡，從早到晚開心的享受，四處閒逛。」

「可是，這種人通常是住在醫院或監牢。」

「聽好，我已經快沒耐性了！再不離開，我肯定給你好看！」

「可憐的皮諾丘我真是替你難過，你難道真的要當一個木頭人，沒頭沒腦嗎？」

聽到這裡，皮諾丘再也忍不住了，他隨手拿起木槌砸向蟋蟀。

儘管皮諾丘並非有意要打他，但很不幸的，木槌硬生生地砸中了蟋蟀，蟋蟀從此一命嗚呼！

5. 雞蛋裡的小雞

天色漸漸暗了，皮諾丘餓得肚子不停地咕嚕叫，他在房裡跑來跑去，找遍所有的抽屜和角落，只希望能找到一點食物，哪怕是發霉的土司或狗啃過的骨頭，反正能咀嚼的東西都可以，整個屋子裡卻還是什麼吃的也沒有。

皮諾丘越來越餓，他陷入絕望地想著蟋蟀說的真是沒錯，忤逆爸爸真是個錯誤，如果爸爸在這兒，或許我就不會餓死！肚子餓真是一件恐怖的事！

正當皮諾丘在絕望之際，他看到牆角有個圓圓白白的東西，像是一顆雞蛋，於是走了過去，咦！果然是顆圓潤的雞蛋！

「我該怎麼享用它呢？水煮呢？煎熟呢？噯！真是等不及要吃它！」

皮諾丘早就拿來平底鍋放在火爐上，他想像著把雞蛋打破後，蛋黃和蛋白流入平底鍋那個精彩的畫面。

皮諾丘期待的蛋黃與蛋白在一瞬間破滅，破蛋而出的是一隻啾啾叫的小雞，小雞很有禮貌地向皮諾丘說：「謝謝你幫我破殼而出，希望你日後好好保重，代我問候你的家人，再見了！。」

皮諾丘的希望完全落空，只好往街上去看看有沒有人可以給他一點麵包，讓他填填肚子。

6. 燒焦了！皮諾丘的腳

這天夜裡，寒風刺骨，狂雨陣陣，皮諾丘害怕聽到打雷聲，他早忘了飢餓，在城裡四處遊蕩，而街上連個開店的鋪子也沒有，四周一片死寂。

皮諾丘一戶戶地按著門鈴，猜測著總會有人來開門，在一連串的落空後，終於有個戴睡帽的老頭探出窗外，生氣地大叫：「三更半夜，是誰在按鈴，你想做什麼？」

「能不能請你賞我一點點麵包吃，好心的老爺爺。」

「在這裡等著，我馬上回來。」老頭心想這一定是街上的小混混，我要給他點顏色瞧瞧。

不一會兒，窗戶開了，老頭叫著：「走到窗子下面，用帽子盛著。」

皮諾丘趕緊伸手去接，卻被一桶冷水從頭澆下，全身都溼透了！

皮諾丘像落湯雞一樣地走回家，連站的力氣也沒有，乾脆坐下來，全身溼透的他直接把腳放在火爐旁邊，飢餓的皮諾丘就這麼睡著了，根本不知道可怕的事情已經發生，他那雙腳已經開始燒了起來，漸漸變成灰燼……

呼呼大睡的皮諾丘完全不知道自己的腳發生了什麼事，直到天亮，門口傳來敲門的聲音，才把他吵醒。

「是誰啊？」

「是我。」

原來是傑貝托的聲音，爸爸回來了！

「快開門！」傑貝托大聲喊著。

可憐的皮諾丘一站起來就跌坐在地板上，沒有雙腳的他只能在地上滾來滾去，哭喊著：「爸爸，我開不了門。」

「你為什麼開不了門？」

「因為貓把我的腳咬掉了！」皮諾丘看著正伸

著爪子玩他腳上木屑的貓咪說道。

「快點來開門，否則我一定會修理你。」

「我是說真的，我沒辦法站起來，我這輩子注定要用膝蓋走路了！」

傑貝托心想，這小鬼一定又在惡作劇，我一定要好好教訓他，於是他爬上了窗戶，破窗而入。

原本想要教訓一下小木偶的傑貝托，一進到屋內，看到癱坐在地上的皮諾丘，心中狂燒的怒火瞬間化為不捨的淚水，心疼地說：「小皮諾丘，

你是怎麼把腳燒掉的？」

皮諾丘哀傷地把他從離開爸爸後的整段遭遇一五一十地說了一遍給老傑貝托聽，還哭得非常大聲！

聽完了皮諾丘的故事，傑貝托知道要做的第一件事，就是快點給小木偶吃些東西，因為皮諾丘一定餓壞了！

老傑貝托從口袋裡拿出三顆梨子給皮諾丘，「這三顆梨子原本是我的早餐，現在你拿

去吃吧！吃完你就會舒服一點。」

「爸爸，你可以幫我削皮嗎？」

「削皮？」傑貝托沒想到小木偶竟然在如此飢餓的情況下還要講究吃法，他訓誡皮諾丘：「不准挑食，你應該珍惜食物。」

「爸爸，你說的沒錯，但我受不了沒削皮的水果！」

傑貝托心軟了，耐心地削著梨子，並把削剩的果皮放在桌角。

皮諾丘一口就吃掉一顆梨子，三顆梨子一下子就被吃光了，正當他要把果核丟掉時，傑貝托連忙阻止他。

「別丟，太浪費了！」

「我從來不吃果核的！」

三顆果核就這樣留在餐桌上。

吃完三顆梨子的皮諾丘哭了起來：「我現在還是很餓！」

「可是已經沒東西給你吃了！只剩下果皮

和果核了！」

無法忍受飢餓的皮諾丘，於是皺著眉頭吃起了果皮，果皮被吃光了，接著是果核，然後

他心滿意足地摸摸肚子說：「我覺得好多了！」

「你看吧！我剛剛教你不要挑食，是不是沒錯呢？皮諾丘，你要永遠記得，以後會碰到什麼事，都是難以預料的。」

7. 傑貝托賣了外套，替小木偶買課本

皮諾丘才填飽肚子，又吵著要一雙新的腳，傑貝托為了教訓頑皮的皮諾丘，便任由他去吵，然後問：「我為什麼要再幫你做一雙新的腳？做完新的腳讓你像上次一樣溜掉嗎？」

「我這回會當乖小孩……」小木偶哽咽地說：「我會好好讀書。」

老傑貝托說：「天下的小孩都一樣，想要得到某樣東西的時候，就會說出和你一樣的話來。」

「不會的！我和其他的孩子不一樣，我會比他們乖，不說謊。爸爸，我會去學一點東西，等你老了，可以讓你舒服地過日子。」

傑貝托雖然板著臉，可是眼裡泛著淚光，看到小木偶滿心的歉意，傑貝托不發一語，直接挑了兩根木頭，開始專心地工作。

不一會兒，兩隻木腳已經做好了。

一雙細緻的小腳出自偉大工藝師的巧手。

傑貝托向小木偶說：「睡一覺吧！你也夠累了。」

皮諾丘閉上眼睛假裝睡著，老傑貝托繼續為小木偶做最後的安裝工作。

瞇著眼睛的皮諾丘一看到自己裝好的新腳，馬上從桌上跳起來，又開始在房裡蹦蹦跳跳，快樂得不得了，然後向傑貝托說：「我現在就要去上學來回報您的恩情。」

「真是個好孩子！」

「可是我沒有衣服穿！我總不能這樣去上學啊！」

可憐的老傑貝托身無分文，只好用印花紙做成一套衣服，用樹皮做成一雙鞋，用麵包做了一頂可愛的帽子。

皮諾丘立刻跑到水盆前看看自己的模樣，他覺得十分得意，走來走去說自己像個紳士。

「是沒錯，但你要記住，不是穿得好看就能當紳士，更重要的是要整潔乾淨才行，如果要上學還有一項最重要的東西，那就是課本！」

父子倆開始為了沒錢買課本而煩惱著。

「別擔心。」傑貝托突然脫下他那破洞連連的外套，衝出家門。

一會兒，他帶著課本回來，小木偶發現爸爸只穿著襯衫而外套已經不見了，外面還下著大雪呢！

「爸爸，你的外套呢？」

「我把它賣了，反正我穿著它，也太熱了！」

聰明的皮諾丘知道是怎麼一回事，感動的立刻跳進傑貝托的懷裡，不停地吻著疼愛他的父親。

8. 想看木偶戲，皮諾丘把課本賣了！

雪停了！小木偶正走在上學的路，幻想著白日夢，「今天我在學校可以學會認字，明天會寫字，後天會算術，很快我就能賺錢，我要買件外套給爸爸，這世上只有爸爸會為了讓我成為有學問的人，而忍痛把外套給賣了。」

正當他想得起勁的時候突然聽到一陣陣嘀嘀、咚咚，好奇的小木偶心想「這是什麼音樂？」嘀嘀、咚咚又傳來陣陣樂音，「今天我先去聽音樂，明天再去上學，反正上學的時間多得是。」小木偶為自己找好了理由。

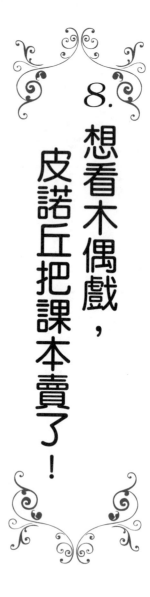

很快地小木偶循著聲音的來源到了廣場，他看到一群人聚集在這裡，圍在一個大帳篷周圍，帳篷掛滿了色彩鮮豔的旗子，漂亮極了！

「那是什麼啊？」皮諾丘轉身問一旁的小男孩。

「你不識字嗎？海報上寫得清清楚楚。」

「我……真的看不懂，今天我還沒學會認字呢！」

「那我念給你聽好了。紅色的大字是『豪華木偶劇』，進場四毛錢。」

皮諾丘厚著臉皮向小男孩說：「可以借我四毛錢嗎？我明天就還你。」

「不行！」

「我把夾克賣給你，你給我四毛錢。」

「我要一件紙做的夾克做什麼？萬一下雨，夾克就毀了。」

「那我的帽子跟鞋子都可以賣你啊！只要你給我四毛錢。」

「你的鞋只能用來生火，帽子會被老鼠啃光，我才不跟你交易呢！」

皮諾丘開始緊張起來，他想想只剩最後一樣東西可以賣給小男孩，「你願意用四毛錢和我換新課本嗎？」

有位舊書商在一旁插嘴說：「我願意花四毛錢買你的新課本。」

於是新課本就這樣賣給了舊書商。可憐的傑貝托現在只穿一件單薄的襯衫在家裡發著抖呢！小木偶卻把書本賣掉了……

9. 失控的舞台，皮諾丘陷入危機

皮諾丘走進了帳篷，布幕緩緩升起，小丑哈樂魁和胖奇那羅站在舞台上，開始鬥嘴、耍寶的演出，觀眾在台下看得哈哈大笑。

這時哈樂魁突然停下表演，看向觀眾席的最後一排，用著非常誇張又驚訝的語調說：「我是在作夢嗎？瞧！那不是皮諾丘嗎？」

「就是他！真的是皮諾丘！」後台的玫瑰小姐也探頭出來看。

「皮諾丘！」木偶們紛紛擁上前來大聲的叫著：「快上台吧！」

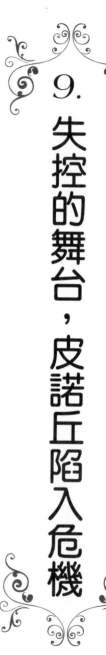

皮諾丘聽見木偶們熱情的邀請，馬上從最後排的位置蹦蹦跳跳地往前奔向舞台，這時戲班子的男女演員熱情地又吻又抱，又拍又捏，場面已經失控！台下的觀眾可是不領情，大喊著：「快表演，我們花錢來看表演的！」

這時操控木偶的人出現了！人高馬大，長得奇醜無比，十分嚇人。他的鬍子又長又黑，走路還不時會踩到自己的鬍子，嘴巴大得跟廚房的火爐一樣，兩眼像是發火的燈籠，雙手拿著一根蛇與狐狸尾巴做成的鞭子。

他是戲班子的團長，只要他一出現，所有木偶全都會閉上嘴，大夥都知道大事不妙，可憐的木偶們，無論男女，全都嚇得不停地發抖。

「為什麼攪亂我的表演？」團長責罵的聲音，大得像得重感冒的魔鬼。

「不，那不是我的錯！」皮諾丘跪著求饒。

「夠了，住嘴！今晚你要為你的行為付出代價。」

表演結束，團長正在廚房裡烹煮羊肉準備晚餐，羊肉在爐火上慢慢烤著，不料柴火竟然用完了！於是團長喚來哈樂魁和胖奇那羅。

「去把那木偶叫來，我一看到他就知道他是上好的乾木做成的，只要把他丟進爐火裡，火勢一定會更旺，羊肉要烤熟就只能指望他了！」

哈樂魁與胖奇那羅聽了嚇了一跳而且愣了一下，但是團長凶惡的目光讓人不敢違命，不一會兒他們便把嚇得雙腳發軟的皮諾丘帶來了。知道自己即將死去的皮諾丘哭喊著：「爸爸！爸爸！救我，我不想死，我不要死！」

10. 團長原諒了皮諾丘

木偶戲班的團長外表是個凶神惡煞的大個子，實際上是面惡心善的大好人，看見皮諾丘喊「我不想死」，心就軟了，板著臉的他，打了個大噴嚏。

一聽見團長的噴嚏聲，原本哭喪著一張臉的哈樂魁，突然間雀躍起來，彎起身子，悄悄走到皮諾丘耳邊輕聲說：「好消息！兄弟，剛剛團長打了噴嚏，這表示他可憐你，你有救了！」

原來，一般人同情他人時會流下眼淚，而團長跟別人不同，只要他一心軟就會開始打噴嚏。這點團長自己都不知道，卻被木偶們看透了！

團長打完噴嚏，繼續大聲地喊：「你不要哭行不行？你一哭我的肚子就開始痛……哈啾！哈啾！」團長又連打了兩個噴嚏。

「你的肚子還好吧！」皮諾丘說道。

「謝謝！你爸爸、媽媽呢？他們都還好吧！」

「我只有爸爸，沒見過媽媽。」

「我在想，如果我把你丟進火爐裡當柴燒了！你的爸爸一定會非常難過。」說完團長又打了三個噴嚏。

「不過，如果沒有柴火我就沒有羊肉可以吃，怎麼辦？我得從戲班子找一個替代品當柴火了！來人啊！」

兩名警衛一聽到命令，馬上出現待命，團長要警衛把哈樂魁帶來，把他扔進火爐裡，哈樂魁嚇得連腳都打結了，整個人倒在地上。

皮諾丘是個善良的小孩，他見到這幅景象，立刻衝到團長的腳下，求團長放了哈樂魁，「求求您，行行好，大爺！放了哈樂魁！」

「這裡沒有什麼大爺。」團長一點也不領情。

「求求您，行行好，陛下大人……」

團長一聽到陛下大人，突然態度變得和藹，「好吧！你要怎麼辦？」

「求你饒了哈樂魁。」

「這怎麼行！我的羊肉還沒烤熟呢！」

皮諾丘異常平靜地回答道：「我不能讓我親愛的朋友替我受死，你還是把我燒了來烤你的羊肉吧！」

鐵石心腸的團長被皮諾丘感動得連打了四、五個噴嚏，他很感性地張開雙臂，告訴皮諾丘：「你真是個善良的孩子，快過來，親我一下。」

皮諾丘立刻跑過去，在團長的臉上狠狠地吻了一記。

「那我得救了嗎？」哈樂魁輕聲的問著，聲音小得跟蚊子一樣。

「你得救了！」團長大聲說著：「今晚我只好吃半生不熟的羊肉了！不過下回不曉得誰要倒楣了！」

11. 皮諾丘得到五個金幣

隔天，團長把皮諾丘叫來，問道：「你爸爸叫什麼名字呢？」

「傑貝托。」

「他是做什麼的？」

「他是個窮木匠。」

「會賺錢嗎？」

「他半毛錢也沒有，為了替我買課本，賣掉了他那滿是破洞的外套。」

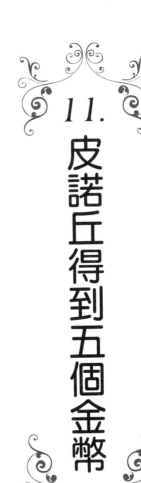

「真是可憐，這裡有五枚金幣，快拿回去送給他，替我向他問好！」

皮諾丘感動地向團長道謝，然後帶著喜悅的心情回家了。

走著走著，才走了半哩路，在途中就遇見缺條腿的狐狸還有瞎了眼的貓，他們倆像難兄難弟一樣，誰也離不開誰。

「早安，皮諾丘。」狐狸向他打了聲招呼。

「你怎麼會知道我的名字？」

「我認識你父親呀！」

「你在哪裡見過他？」

「我昨天看見他坐在家門口，身上只穿著襯衫，很冷的樣子。」

「哦！我可憐的爸爸！不要緊，從現在起，你不會再發抖了。」

「為什麼呢？」狐狸問道。

「因為我現在很有錢，我已經是上流社會的人了！」

「上流社會？你嗎？」狐狸帶著嘲笑的口吻說道，並狂笑起來，一旁的瞎貓也跟著大笑。

「這有什麼好笑的，你們看這是貨真價實的五枚金幣。」皮諾丘為了不讓人嘲笑，立刻展示他的金幣。

皮諾丘手上的金幣噹啷噹啷作響，讓狐狸耳朵癢了起來，少了的那條腿差點掉出來，而貓竟然睜大了他的眼睛，當然他們立刻又裝回瘸腿和瞎眼，

「你打算怎麼用這些金幣呢？」狐狸急著問。

「首先我要為爸爸買件高級的外套，然後再為自己買本新書。」

「買書？」

「是啊！因為我要用功讀書。」

「是喔！我為了用功讀書失去了一隻腿。」

「看看我吧！我也因為想要念書而失去了雙眼！」

「你怎麼還會想要去上學念書呢？」兩人一搭一唱地說著。

這時候飛來了一隻小鳥，說道：「皮諾丘，不要聽這些壞朋友的話。」

說時遲，那時快，瞎貓已經一手捉下小鳥，而且立刻吞到肚子裡。

狐狸和瞎貓陪著皮諾丘走回家，到了半路，狐狸突然停下來對木偶說：

「你想不想用這五枚金幣去賺更多的錢呢？」

「你想把這小小的五枚金幣變成一百枚、一千枚或二千枚嗎？」

「想呀！怎麼變呢？」

「很簡單，先不要回家，跟我們走。」

「去傻子國。」

「不行！現在已經離我家很近了，我要回家裡去，我昨晚都沒回家，爸爸一定很擔心，而且蟋蟀說的對『不乖的孩子在這世上一定會四處碰壁』我昨天已經經歷過，只要一想到我都會發抖。」

「你真的很想回家，那你回家吧！但是可別後悔唷！」

「你一定會後悔的。」瞎貓在一旁附和。

「要不要考慮一下，這可是個賺大錢的好機會！」

「你那五枚金幣會變成二千五百枚。」

「二千五百枚金幣。」瞎貓擊掌附和。

「怎麼可能？」皮諾丘驚訝地張大嘴巴。

狐狸說：「傻子國有著大片大片的土地，只要你挖一個坑，倒進泉水，

灑一些鹽巴，晚上好好睡一覺，夜裡金幣就會不斷地越變越多，隔天你就會發現金幣像麥穗一樣多。」

「哦！那真是太棒了！如果真的能那樣的話，我把二千枚留給自己，五百枚送你們作禮物。」

「禮物？我死也不能拿。」狐狸一口回絕，好像很高尚似的。

「對！不能拿。」

「我們不是為了自私而告訴你這些，我們是在造福他人。」

「你們的心真好！」皮諾丘很快地又忘了年老的父親在家受冷挨餓，以及新外套、新課本的事了，他對狐狸和瞎貓說：「走！我們馬上出發吧！」

12. 狐狸、瞎貓與紅蕁客棧

走著走著，天色漸暗，他們三人來到紅蕁客棧休息。

「我們今晚就在這裡稍做停留，吃點食物補充體力，然後午夜時分再出發，明天一大早就會到達傻子國。」

三人走進客棧後園在餐桌旁，瞎貓說他的胃不好，卻吃了三十五條鰹魚和四份洋蔥豬肚，還有三層奶油起士，而狐狸才說醫生叮嚀他節制飲食，又馬上吃了甜醬烤野兔、野鳥、兔子、青蛙、蜥蜴、白葡萄，還真是會吃。

皮諾丘就真的沒有胃口，腦子裡全都想著長滿金幣的大樹。

他們三人吃完晚餐，狐狸向客棧主人說：「我要兩間最好的房間，一間給皮諾丘，一間給我和我的伙伴，記得子夜時要叫醒我們，我們要趕路。」

「是的，先生。」客棧主人答道，而且他對狐狸和瞎貓使了個眼色，好像是在告訴他們：「我知道這是什麼意思了。」

皮諾丘一上床就沉沉睡去，而且開始做夢，做一場滿是金幣的夢，突然他被敲門聲驚醒，原來是客棧主人來叫醒他。

「我的那兩位朋友也起床了嗎？」

「他們早在兩小時前就上路了！」

「為什麼他們這麼匆忙地離開？」

「因為瞎貓接到他的孩子身受重傷的消息，他急著去看看。」

「那，他們付錢了嗎？」

「這是什麼話，你們是上

流社會的人，我們怎麼可能先收錢呢？」

「我那兩位朋友有沒有說在哪裡等我呢？」

「明天天一亮，他們會在傻子國等你。」

皮諾丘很無奈地拿了一枚金幣付清了所有的帳單，然後就出發了。

外頭一片漆黑，根本什麼也看不見，皮諾丘只好一路摸黑前進，不久他發現前方樹梢有個朦朧微弱的燈光，「是誰？」皮諾丘問道。

「我是會說話的蟋蟀的魂魄。」

「給你一些建議，帶著你剩下的四枚金幣回家，找你可憐的爸爸！」

「明天我的爸爸會變得富有，因為這四枚金幣會長出二千枚金幣來。」

「皮諾丘，永遠不要相信教你一夜致富的人。聽我的話，回家去吧！」

「我還是想去。」

「記住！衝動的小孩到頭來一定會後悔的！」

「這些話都老掉牙了，晚安了，蟋蟀！」

「晚安了，皮諾丘。願上帝保佑你，躲過殺人犯。」話一說完，蟋蟀就像最後的一點蠟燭瞬間消失，而這條路也變得更加黑暗了！

13. 皮諾丘遇到了殺人犯

「真是的！當小孩就是這麼可憐，每個人總要教訓我們一下，不管是爸爸、老師，甚至連蟋蟀都要這樣的數落我。」皮諾丘自言自語地走著。

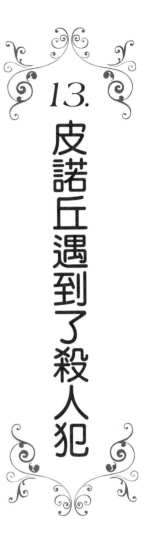

在黑暗的道路上出現兩個恐怖的黑色身影，全身用著麻布袋把自己包裹起來，他們用腳尖跳來跳去像幽靈一樣。

「糟了！殺人犯！真的是殺人犯出現了嗎？」皮諾丘趕緊把金幣放進嘴裡而且藏在舌頭下面，然後拔腿就跑，但就在他要逃跑的同時，對方早就一

手捉住小木偶的胳膊，耳邊還傳來可怕的聲音：「你是要錢？還是要命？」

皮諾丘根本說不出話來，因為金幣塞滿了他的嘴巴，於是他比手劃腳地讓兩名殺人犯知道自己沒有錢，只是一個沒有用的木偶。

「廢話少說，把錢拿來！」

皮諾丘搖頭晃腦地做著手勢，表示著「我真的沒有錢。」

「把錢拿來，否則殺了你！」高個子說。

「納命來！」另一個比較矮的接著說。

「等我殺了你，再把你可憐的爸爸也殺了！」

「不，不，不，別殺我可憐的爸爸！」

皮諾丘情急之下開了口，嘴裡的金幣掉了一個出來。

「你這個無賴，原來你把錢藏在嘴巴裡啊！快全部都吐出來！」

「假裝聽不見是嗎？我們一定會讓你吐出所有的錢來。」

他們倆一個抓住鼻子，一個抓著下巴開始粗魯地往皮諾丘嘴裡掏錢，可是他們連一點辦法也沒有，木偶的嘴巴就像被釘子釘上一樣牢牢緊閉。

這時小個子拿出一把可怕的尖刀，準備撬開皮諾丘的嘴巴，但皮諾丘更厲害，他趁機以飛快的速度咬斷對方的手，掉下來的手竟然是貓的爪子呢！

像是打了勝戰的皮諾丘膽子也跟著變大了，他立刻擺脫了兩名殺人犯，急速穿越田野，殺人犯在後面窮追不捨，一個少隻手，一個剩一條腿，他們是要怎麼追上皮諾丘呢？

一路的奔走，皮諾丘再也跑不動了，只好爬上一棵很高的樹，坐在頂端的樹幹上，兩個殺人犯想爬上去，但是一下子就滑了下來，手腳都擦破了！

雖然如此，他們還是不肯放棄，殺人犯找來一堆木頭放在樹下生火，火勢很快地燒起來，皮諾丘趕忙從樹頂跳下來，沒命地往前跑，在混亂中穿過了葡萄園，而那兩個壞蛋還是緊追在後。天色漸亮，他們仍不肯善罷甘休！

這時皮諾丘眼前出現一條又深又寬的水溝，他一鼓作氣地跳了過去，兩個壞蛋也跟著做，但都沒算準，雙雙跌進水溝，皮諾丘以為他們會淹死，沒想到他們從水溝裡爬了出來，穿著麻布袋的兩人，整個就像漏了水的籃子。

14. 被綁在大樹上的皮諾丘

皮諾丘眼看逃不掉了，正想放棄的時候，他發現遠方有棵深綠色的大樹，大樹旁有座白色小屋。

「如果我能到達小屋，可能還有救。」

小木偶繼續沒命似地跑，終於抵達目的地，他拼命地敲著門卻無人回應，只聽見歹徒的腳步聲越來越近，皮諾丘開始又踢又撞，這個方法終於奏效，有位小女孩來到窗戶旁，她有著藍色頭髮，蠟一般蒼白的臉，眼睛是閉著的，說話的時候嘴巴是不動的，聲音像是從別處傳來的一樣。

「這裡的人都死了！沒有人活著。」

「求你開開門！」

「我也已經死了，沒辦法開門。」

「死了！那你怎麼會在窗邊？」

「我在等棺木來接我。」說完小女孩便消失了！

「藍色頭髮的女孩！求你可憐我這個被追殺的小孩！」

皮諾丘話沒說完，有一隻手抓住了他，「你休想從我們手中逃走！」

小木偶嚇得全身發出咯咯的聲音，連藏在嘴巴裡的金幣也發出鏘鏘的響聲，歹徒再也沒有耐心，他們拿出長尖刀朝著木偶劃去，幸虧木偶是用上好的硬木做成的，一瞬間兩人的尖刀立刻只剩下刀柄，兩人互看了對方一眼愣了一下，其中一人決定說：「我們乾脆吊死他，吊死他嘴巴就會張開了！」

「吊死他！」另外一個人附和。

他們毫不費力地把小木偶綁起來，在喉嚨處打了一個結，然後把他吊

上大樹等著看小木偶斷氣。

三個鐘頭過去，小木偶仍然活著，最後歹徒實在沉不住氣說：「我們明天再來吧！明天他一定會死掉，再把嘴裡的金幣拿出來。」

說完，他們便離開了！

強勁的北風把小木偶吹得在空中擺盪，繩子也在一陣天旋地轉中勒得更緊，皮諾丘呼吸越來越困難，視線變得模糊，喃喃自語說著：「親愛的爸爸，如果你在這裡就好了……」

即將死亡的他，兩腳伸直，全身僵硬的掛在樹梢，一動也不動的樣子，活像一具死屍。

15. 藍髮仙子的解救

藍髮女孩再次走到窗口，發現剛剛求救的小男孩被吊在樹上一動也不動，她於心不忍，於是輕拍了三下手，發出信號，遠方馬上飛來一隻巨鷹。

「請問美麗的仙子有什麼指示？」，原來藍髮女孩是位仙子，在這座森林已經隱身千年之久。

「你有看見吊在大樹上的木偶嗎？」

「看見了。」

「很好，你去把他解救下來，放在草地上。」

獵鷹飛了出去，一會兒回來說：「我已經完成你的吩咐了。」

「他看起來怎樣，是生還是死？」

「他看來像是死了，但當我放下他時，他又說：『現在好多了！』」

仙子又輕輕的拍兩次手，隨即出現一隻高貴的獅子狗，他用兩隻腿走著路，看起來跟人沒兩樣。

「好孩子，敏多羅，過來這兒！」仙子對獅子狗說道。

「趕緊到馬廄去，把馬車開到大樹下的馬路上，把奄奄一息的木偶放在坐墊上，送來我這裡，聽到了嗎？」

獅子狗搖搖尾巴，表示清楚，接著就快速離開了！

一輛漂亮的馬車出現在森林，車內鋪著淡黃色的坐墊，車子由一百隻白色的老鼠拉著，獅子狗坐在車廂裡，手裡揮動著鞭子，深怕耽誤了時間。不到一刻鐘，馬車已經回來，仙子早就在門口等著。她把小木偶抱進臥室裡，還吩咐人到街上把有名的大夫找來。

大夫急忙趕到，他們是烏鴉、貓頭鷹、還有會說話的蟋蟀。

「我希望你們幫我看看小木偶到底是死了還是活著。」

烏鴉首先走向前去，他檢查了木偶的狀況，一臉嚴肅地宣布：「我很肯定小木偶應該已經死了，如果他會活過來，那他肯定偷偷保留了一口氣。」

貓頭鷹則有不同的意見，「依我看，小木偶是活著的。」

仙子想要問問蟋蟀的意見，「我覺得等等看會是不錯的主意。」

小木偶就在蟋蟀說完話後抖了起來，連床都跟著抖動。

蟋蟀接著說：「這木偶是世上數一數二的小淘氣，他是個壞東西，很不聽話，他可憐的老爸遲早會傷心而死。」

房間裡傳來陣陣啜泣的哭聲，大夥輕輕拉開

被單，發現是皮諾丘在哭。

「當一個人活過來又忍不住痛哭時，就表示他已經漸漸好轉了。」烏鴉煞有其事地說著。

「我的看法正好相反，依我看一個人活過來後痛哭，就表示他並不想死！」貓頭鷹說。

16. 皮諾丘終於乖乖吃藥

三名大夫離開後，仙子摸摸小木偶的額頭，發現他正發著高燒。

仙子取來開水，倒進了一些白色藥粉，遞給小木偶，並說：「喝下它，你會覺得舒服一些。」

皮諾丘看看藥水便說道：「這是甜的，還是苦的？」

「是苦的，但對你的病有幫助。」

「那我不喝，我不喜歡苦的東西。」

「喝下它，喝完我答應給你一顆甜甜的糖果。」

「糖果在哪裡？」

仙子從金色糖果盒裡取出一顆糖，說：「你能乖乖吃藥嗎？」

「嗯。」皮諾丘回答，於是仙子把糖果給了皮諾丘，皮諾丘一口就把糖果吞下去，還說：「如果苦藥像糖果，那我願意天天吃藥。」

「現在你該遵守承諾，快把藥吃下去吧！」

皮諾丘接過杯子，聞一聞藥水，他說：「這太苦了！我不要喝。」

「如果再給我一顆糖果，我想我就會喝藥。」小木偶耍賴地說著。

仙子就像個有耐心的媽媽，再取一顆糖給了小木偶，然後把藥遞給他。

「我還是不敢喝。」

「我不要喝這個討厭的東西，不要，不要！」

「孩子，你會後悔的。」

「我不管！」

「你正在發高燒，再不吃藥，會到另一個世界去，你不怕死掉嗎？」

「我什麼都不怕，我死也不吃那討人厭的藥水。」

就在此刻，門被打開，四隻黑色的兔子肩上扛著一具小小的棺木。

「你們想對我怎樣？」皮諾丘嚇得從床上坐起來。

「我們要把你帶走。」

「我還沒死啊……」

「是還沒！但你再沒幾分鐘就會到另一個世界去。」

「哦！親愛的仙子，快給我藥水，我不想死！」

小木偶雙手捧著藥水，一口氣就把它喝光了。

「算了！我們這次白跑一趟了！」兔子們扛著小棺木走出房間。

幾分鐘後皮諾丘就從床上跳下來，完全康復。

「你看吧！我說藥水對你有用的。」

「是真的，救了我一命。」

「好吧！現在快過來我身邊，告訴我你是怎麼落入壞人手裡的。」

小木偶一五一十的說給仙子聽，仙子問：「那四枚金幣藏在哪裡？」

「我弄丟了！」皮諾丘說謊，其實金幣還藏

在他的口袋裡！

「你在哪裡弄丟的？」

「在樹林附近。」

說了第二次謊，他的鼻子變得更長了。

仙子說：「那我們一起去找，在樹林裡弄丟的東西都能找回來。」

「哦，我想起來了！我沒弄丟金幣，我剛剛不小心在喝藥水的時候，把四枚金幣吞進肚子裡了。」

說完第三個謊話，皮諾丘的鼻子竟長得出奇的長，他連轉身都有困難，小木偶的長鼻子隨時會打中牆壁、房間，只要一抬頭也會戳到仙子的眼睛。

仙子看到他這副模樣忍不住笑了起來。

「你笑什麼？」

「我笑你撒謊。」

「你怎麼知道我撒謊？」

「因為撒謊很容易被聽出來！皮諾丘，撒謊的小孩會有兩種結果：一種是腳會變短，一種是鼻子會變長。你是屬於那種鼻子會變長的！」

皮諾丘自己覺得非常不好意思，想要找個地洞把自己藏起來，可是長鼻子讓他無處可逃。

17. 皮諾丘再次遇見狐狸與瞎貓

長鼻子的鬧劇足足鬧上半個小時，為得是給小木偶一個教訓，讓他改掉說謊的壞習慣。仙子看到小木偶哭得臉都扭曲了，心裡便開始同情他，於是她拍了拍手，信號一出，窗外立刻飛進一千隻啄木鳥，停在皮諾丘的鼻子上，開始啄起他的木鼻子，不出幾分鐘，他那滑稽的鼻子已經恢復了正常。

「謝謝你，仙子你對我真好，我好愛你！」

「我也好愛你！」

「如果你願意的話，留下來當我的小弟弟，你可以把我當大姊姊。」

「我也很想留下來……但我可憐的爸爸怎麼辦？」

「你放心，我全都想過了，你爸爸今晚就會過來這裡。」

「真的嗎？」皮諾丘興奮地大叫，「如果是這樣可以讓我出去接他嗎？

我等不及要好好親吻親愛的爸爸，他為我吃了很多苦頭。」

「真是懂事的孩子，你去吧！千萬別迷路了！沿著這條路，穿過樹林，你一定可以見到他。」

皮諾丘一進樹林就蹦蹦跳跳起來，過沒多久，他在樹叢裡聽到有人的聲音，他沿著聲音的方向走去，你猜猜他遇到了誰？原來是狐狸和瞎貓。

「這不是皮諾丘嗎？」狐狸大聲地說著。

「你怎麼會在這裡出現？」

「說來話長。」皮諾丘回答著，「以後有機會我再慢慢告訴你們吧！」

說著，皮諾丘發現瞎貓的爪子怪怪的，於是他問道：「你的爪子怎麼了？」

瞎貓支支吾吾的想解釋，卻被狐狸給打斷，「我的朋友太謙虛了，所以不知道該怎麼跟你說，事情是這樣的，一小時前我們在路上遇到一匹老狼，他很餓，跟我們要食物吃，可是我們連豆子也沒有，但你知道我的好朋友做了什麼事嗎？他竟然用牙齒把前腳咬下來，送給可憐的老狼，讓他填飽肚子。」狐狸邊說邊擦著虛偽的淚水。天真的皮諾丘也被這個故事打動，還跟瞎貓說：「如果全世界的貓都跟你一樣，那老鼠就有福了！」

狐狸接著問小木偶：「你來這裡做什麼呢？」

「來等我爸爸，他隨時會來這裡。」

狐狸忍不住問：「那你的金幣呢？」

「放在口袋裡，但有一枚付給了客棧。」

「你難道不想把四枚金幣變成二千枚金幣嗎？」

「今天不行，改天再去吧！」

「改天就太遲了！因為傻子國已經被一位大地主買走了，從明天開始就不准別人再把錢埋在那裡了！」

「傻子國離這裡有多遠呢？」

「不超過兩哩路，你要跟來嗎？只要在那裡埋下你的四枚金幣，不用幾分鐘就能挖出二千枚金幣來！」

皮諾丘猶豫了一下，思考著仙子、蟋蟀以及爸爸的警告，最後他還是沒腦的說：「我們上路吧！帶我去。」

走了半天，終於到了傻子國，這裡到處都是窮人，脫了毛的狗餓得直打哈欠，剪去毛的羊冷得

發抖，去了雞冠的公雞沿街乞討，蝴蝶也把翅膀賣了，還有少了尾巴的孔雀。

小木偶說：「這兒和其他的野地沒什麼不同呀！」

「是這裡沒錯！」狐狸說：「只要把金幣埋進去就對了！」

皮諾丘信以為真，他挖了一個洞，把四枚金幣放進去，然後用鞋子裝滿水澆在洞口，再用土埋了金幣，然後問道：「接下來要做什麼？」

「可以了！大約二十分鐘後回來，你就可以發現樹枝上全都長滿了金幣。」

小木偶高興極了，向狐狸和瞎貓道謝，而且說要給他們一份禮物。

「不用了！不用了！」

「能夠教你怎麼不費力的賺大錢，我們就已經覺得很開心了。」

話說完，他們就離開了。

18. 金幣被騙走了

回到城裡後，小木偶一直在幻想著樹上長滿金幣，可能是二千枚，不，五千枚，一萬枚，他發瘋似的想著。

二十分鐘一到，小木偶直奔傻子國，已經非常接近種金幣的地方，可是小木偶什麼也沒看見，他在種下金幣的方圓一百里都找遍了，什麼也沒有，這時，他的耳邊傳來一陣大笑，木偶抬頭看，原來是大鸚鵡。

「你在笑什麼啊？」

「我在笑有些傻瓜啊！總是相信一些不切實際的話。」

「你是在說我嗎？」

「沒錯，一切都太慢了！賺錢一定要腳踏實地，靠勞力，靠智慧。」

「我不懂你在說什麼。」

「你知道嗎？

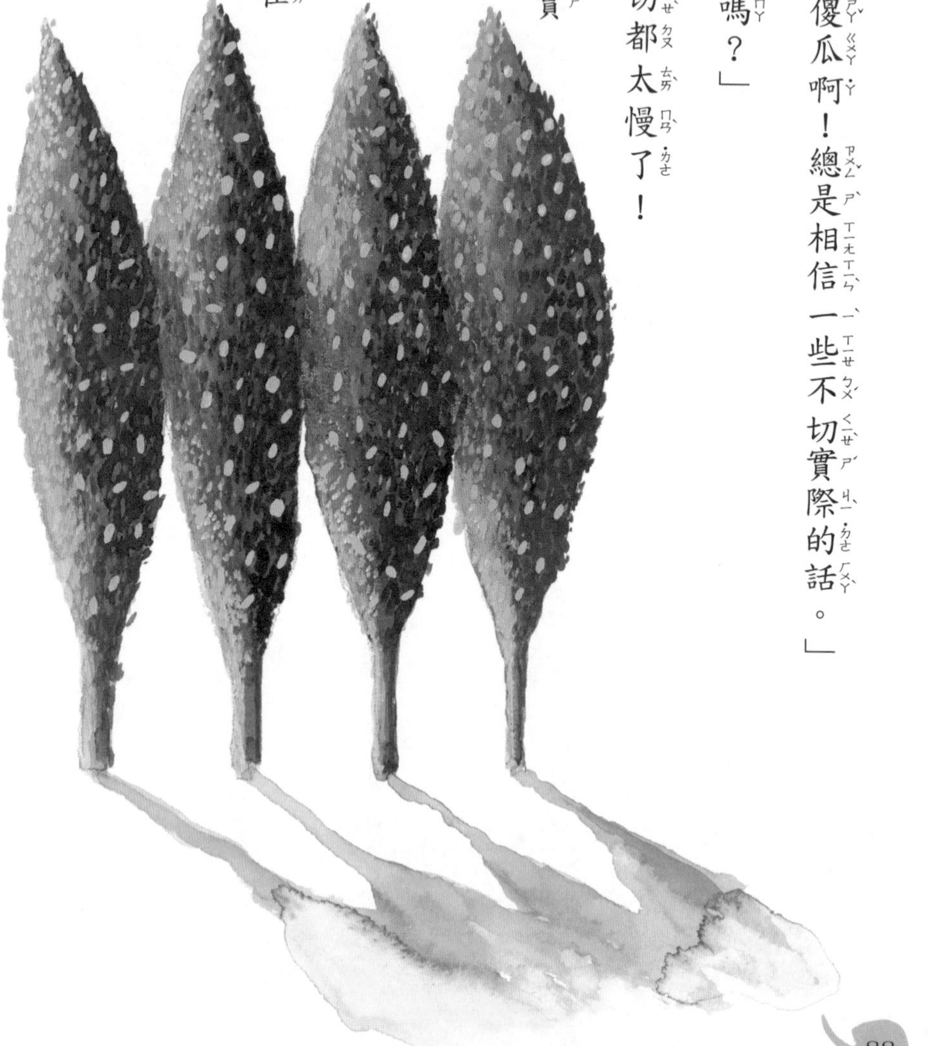

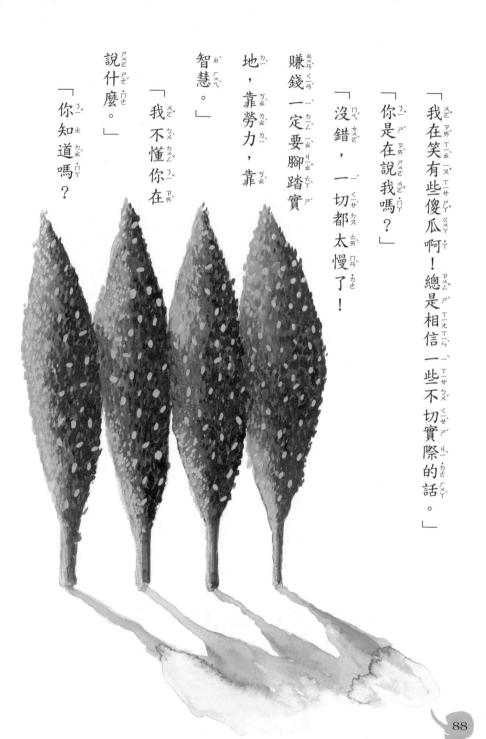

當你在城裡的時候，狐狸和瞎貓早就跑回來挖走你埋下的金幣，然後快速地跑掉了。」

小木偶聽到這裡，心早已掉到谷底。

他絕望地跑進傻子國城裡，一狀告進法院，他向法官說明經過，說自己有多麼無辜，要法官還他一個公道，法官耐心地聽完後便伸手搖了搖鈴，兩名警察馬上過來，法官大人宣判：「這可憐的小傢伙被搶走了四枚金幣，來啊！把他關進大牢。」

皮諾丘一聽到宣判臉都綠了，他想上訴，但卻硬生生地被摀住嘴巴，帶進了大牢。

皮諾丘就這樣坐了四個月的牢，本來他還會繼續坐下去，但好機會來了！因為傻子國的年輕國王征服了敵國，下令全國大慶祝，放鞭炮，張燈結彩，打開監獄的門，放了所有的壞蛋。

「其他的人都離開，我也要離開。」皮諾丘向獄卒說。

「不，你不能離開，你跟別人不一樣。」

「拜託，我也是壞蛋耶！」

「這也對！」獄卒說完然後開門讓他出去。

19. 半路遇到了大蟒蛇

皮諾丘被關了這麼久，他很高興被放出來，他連一秒鐘也停不下來，踏上通往仙子小屋的路。

雨一直下，整條馬路都是爛泥巴，小木偶才不在意，他只希望早一點見到老爸爸和小仙子，他邊走邊對自己說：「我會遇到這麼多倒楣的事，真是我活該！我一直都不聽疼愛我的那些人的話，我一定要改變自己，做一個聽話的小孩，爸爸是不是還在等我回去呢？他還待在仙子家等我嗎？我好想他，想抱抱他、親親他，還有仙子肯不肯原諒我呢？我能活命都是她的功勞……世界上還有比我更不知感激，更沒心肺的小孩嗎？」

自言自語後，他被眼前的景象嚇到。

他看見路中央有條好大好大的蟒蛇擋住去路，巨大的蟒蛇渾身是綠色的皮，眼裡露出凶光，尖尖的尾巴還不斷地冒煙。

皮諾丘嚇壞了！他跌坐在一堆石頭上，他要等大蟒蛇自己讓出這條路。

他等了三個鐘頭！大蟒蛇就是不離開。皮諾丘鼓起勇氣，小心翼翼地靠近，然後向大蟒蛇說：「對不起，蟒蛇先生，能不能行行好，稍微挪一下，只要能讓我過去就行了。」

大蟒蛇一點動靜也沒有，於是小木偶又把同樣的話講了一遍，大蟒蛇閉上眼睛，尾巴也沒有再冒煙了。

「假如他只是一隻死掉的蟒蛇，那我就不需要害怕啊！」但說時遲那時快，大蟒蛇突然間像噴泉一樣高高豎起，小木偶嚇得跌坐在爛泥巴上，兩條腿在天空中晃啊晃的。

大蟒蛇見狀忍不住爆笑——哈！哈！哈！凶悍無比的大蟒蛇卻被眼前的小木偶逗得樂不可支，因為實在太好笑了，蟒蛇竟然連血管都笑破了，從此一命嗚呼。

皮諾丘萬萬沒想到是這樣戰勝了蟒蛇。之後他飛快地奔跑，想著天黑之前就可以到達仙子的家，半路上因為實在餓得受不了，他躍過田野，想摘些葡萄來充飢，才剛走到葡萄藤旁，啪的一聲，他的腳就被銳利的鐵器夾住了，原來這是農夫為了捕捉白胸貂所設下的陷阱。

20. 看守雞舍，立下大功

天色越來越暗，遠處傳來腳步聲，原來是農場主人來看看是不是捉到白胸貂，這個專門在夜晚偷吃雞的壞蛋。

農場主人拿出燈來一照，發現是一名小男孩，他真的嚇了一跳。

「好啊！你這小偷，這些日子以來我的那些雞都是你偷的吧！」

「不是我！不是我！」皮諾丘不斷哭泣地說：「我只不過是要摘幾串葡萄吃而已。」

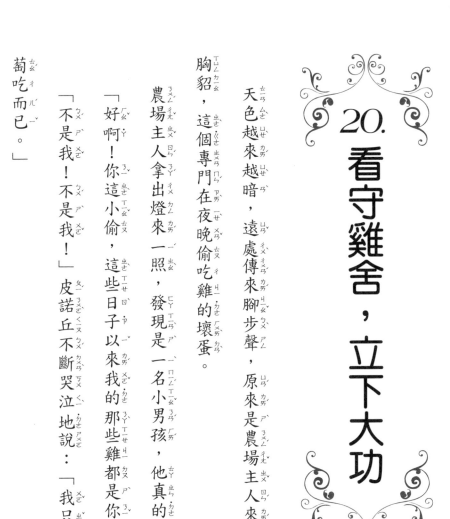

「只要偷摘葡萄，也會偷抓雞，你給我走著瞧，我要好好教訓你。」

農夫打開陷阱，把小木偶拎回家，「現在已經晚了，我要去睡覺，明天再跟你算帳，今天早上我的看門狗死掉了，你現在正好代替他的位置。」

很快的，農場主人在小木偶的脖子上套上布滿銅釘的項圈，而且把他勒得緊緊的，「今晚你就睡在狗屋裡，如果不幸有小偷來，記

得豎起你的耳朵，然後學狗叫。」農夫吩咐完就進屋內。

可憐皮諾丘在院子又冷又餓，心裡想著：「是我自己交了壞朋友，如果我聽話陪在爸爸身邊，我就不會當看門狗了，希望這一切都可以重來……」

心裡這麼抱怨完之後，他再也禁不住疲倦，於是爬進狗屋裡呼呼大睡。

沉睡了兩個鐘頭後，半夜裡皮諾丘被奇怪的聲音吵醒，四隻黑壓壓的小動物聚在一起，模樣像是小貓，他們是白胸貂，專吃肉，特別喜歡蛋和小雞，其中一隻白胸貂來到狗屋前面，輕聲地打著招呼：「晚安！英波拉。」

「我不是英波拉。」小木偶回答。

「那麼你是誰？」

「我叫皮諾丘。」

「你在這裡做什麼？」

「我在當看門狗。」

「那原來的看門狗呢？」

「今天早上死了。」

「好可憐，不過他真是一條好狗，但你看來應該也是一條好狗。」

「對不起，我不是狗。」

「那麼你是什麼？」

「我是木偶。」

「哦！真不幸，但我可以和英波拉一樣跟你打個商量嗎？你一定會很滿意我們開出來的條件。」

「什麼條件？」

「我們每個禮拜來這裡一趟，我們拿走八隻雞，一隻給你，其他七隻是我們的，當做交換條件。當然，你必須假裝我們沒有來過，也不能汪汪叫吵醒主人。」

「英波拉都是這樣和你合作的嗎？」

「當然啦！我們合作愉快，你繼續睡吧！明天我們一定會帶一隻毛已拔光的小雞做為你的早餐，明白了嗎？」

「明白了。」皮諾丘嘴巴說明白，但心中另有打算。

四隻白胸貂完全進入雞舍後，木門便被大聲關上了。

把門關上的不是別人，就是皮諾丘，為了防止他們逃開，皮諾丘還拿大石頭堵住門口，然後他開始汪汪大叫，農夫從床上跳起來，抓著配槍，對準窗外大喊：「是什麼人？」

「小偷出現了。」皮諾丘回答。

「他們在哪裡？」

「在雞舍。」

農場主人像風一樣跑到外面，衝向雞舍成功地抓到四隻白胸貂，然後向他們說要把他們送到客棧主人那兒，把白胸貂當成野兔一樣來烹煮。

說完，他轉身摸摸皮諾丘，然後問：「你是怎麼發現這些白胸貂的？我那條英波拉雖然忠心耿耿，卻從來沒發現過小偷。」

善良的皮諾丘原本想要一五一十地告訴農場主人，但心想老狗已經死了，說了只會讓農場主人傷心，就讓他安息吧！

「白胸貂打算和我交易，要我替他們把風，而我不願同流合汙。」

「好孩子。」農夫拍拍皮諾丘的肩膀，大大稱讚一番。

「現在你自由了，回家去吧！」

說完，農夫就把項圈解開放了小木偶。

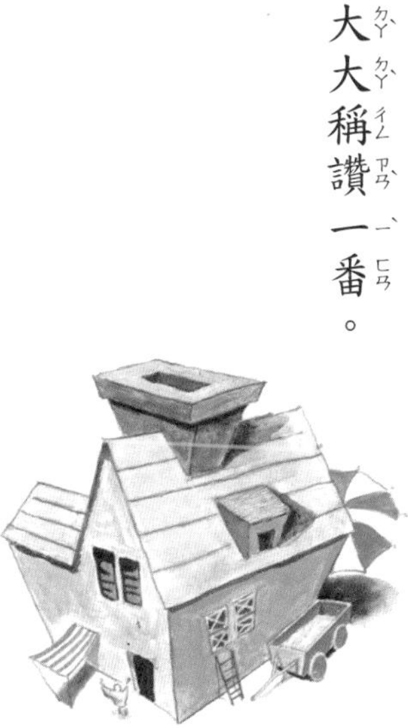

21. 巨鴿帶來父親的消息

小木偶離開了農場，一刻也不想停留地走在通往仙子家的路上。

皮諾丘雖然很努力地找尋，但還是無法辨認出美麗仙子住過的房子，心中有一股不祥的預感。

他跑到曾經屹立著白色小屋的草地上，但是小屋已經不見了，取而代之的是一塊大理石做的墓碑，上面刻著令人痛心的字：

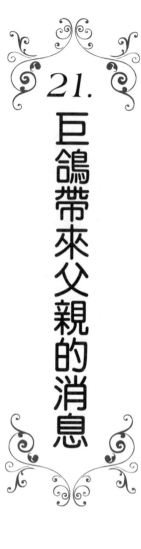

這裡躺著的是
有著一頭藍色頭髮的女孩
因為親愛的弟弟皮諾丘遺棄了她
傷心過度而死

皮諾丘吃力地把墓碑上的字念完，頓時他的眼淚像洪水潰堤一樣地爆發開來，整個身子倒臥在墓碑上，他不停地哭泣，就這樣哭了一整晚，哭聲刺耳，四周的山谷不斷傳來哭泣的回音。

皮諾丘邊哭邊自責，真希望死的是自己，他痛苦到要扯下自己的頭髮，這時天空有一隻巨大的鴿子從皮諾丘的頭上飛過，他拍動著翅膀，停頓在半空中，然後說：「小朋友，你在下面做什麼啊？」

皮諾丘啜泣著說：「我正在哭泣。」說著用袖子擦了擦眼睛。

「告訴我，你的朋友之中有沒有一位叫皮諾丘的？」

「我就是皮諾丘啊！」

巨鴿聽到回答馬上從天空中飛下，他看來比在天空時更大了。

「那麼你認識傑貝托囉？」

「當然！那是我可憐的爸爸，你知道他在哪裡嗎？是不是還活得好好的？」

「三天前我在海邊看過他，他在為自己做一艘小船，準備跨海，可憐的傑貝托過去四個月的時間都在找你，可是還是找不到，所以他打算坐船到更遠的新大陸去找。」

「從這裡到海邊怎麼走，要走多久？」

「差不多要一千哩以上。」

「那我馬上出發！」

「如果你想去，我可以載你去。」

「怎麼載呢？」

「坐到我背上吧！」

皮諾丘不得要領地胡亂抓住鴿子，先是抱住大腿，然後緩緩地移到鴿子的背上，不到幾分鐘已經飛到雲端，他們飛了一整天，眼看著就要天黑。

「我好餓。」鴿子飛太久了，肚子餓了起來。

「我也好餓。」皮諾丘跟著附和。

「我們先吃東西，休息一下，然後再出發，明天一早我們應該就可以到達海邊。」

他們停在廢棄已久的鴿子窩，那裡有一口裝滿水的水盒，還有一袋種子。

小木偶這輩子還沒吃過種子，不過依照皮諾丘的食量，這袋種子肯定是不夠他吃。

那晚皮諾丘吃完一盤種子後便說道：「真沒想到種子這麼好吃。」

「你現在知道種子好吃了吧！不過肚子餓什麼都好吃。」

吃完種子大餐，隔天再度出發，第二天早上果然到了海邊。鴿子放下皮諾丘，也不等皮諾丘的答謝便張開翅膀快速地離開了。

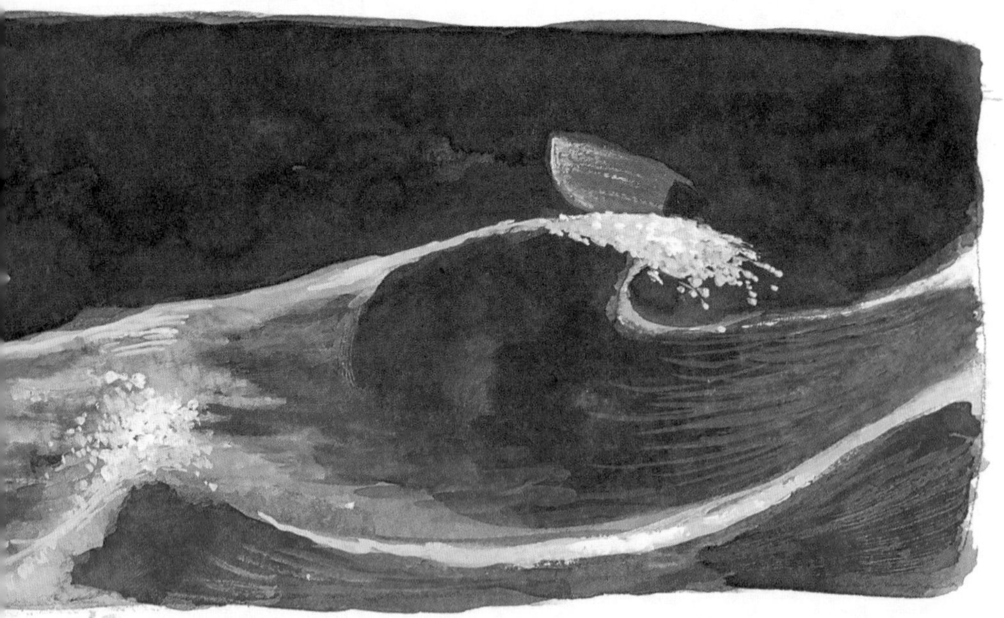

海邊擠滿了人潮，他們望著大海大叫著。

「到底發生什麼事？」皮諾丘問其中一位老婦人。

「有個可憐的爸爸把兒子弄丟了，他要坐船去找，可是今天風浪太大了，把他的小船打到很遠的那頭去了。」老婦人手指著遠遠的一艘小船。

那艘船漂了好遠好遠，看來只有胡桃那麼大，裡頭載著瘦瘦的一個老人，皮諾丘一眼望去，不由得大叫：「那是我爸爸，那是我爸爸啊！」

小船被大浪打得忽大忽小，時而不見，時而浮出水面。皮諾丘站在峭壁上揮舞著帽子不停地喊著爸爸的名字。

傑貝托的船雖然被打到很遠的海上，但他似乎可以認出小木偶來，他也高高舉著帽子，不

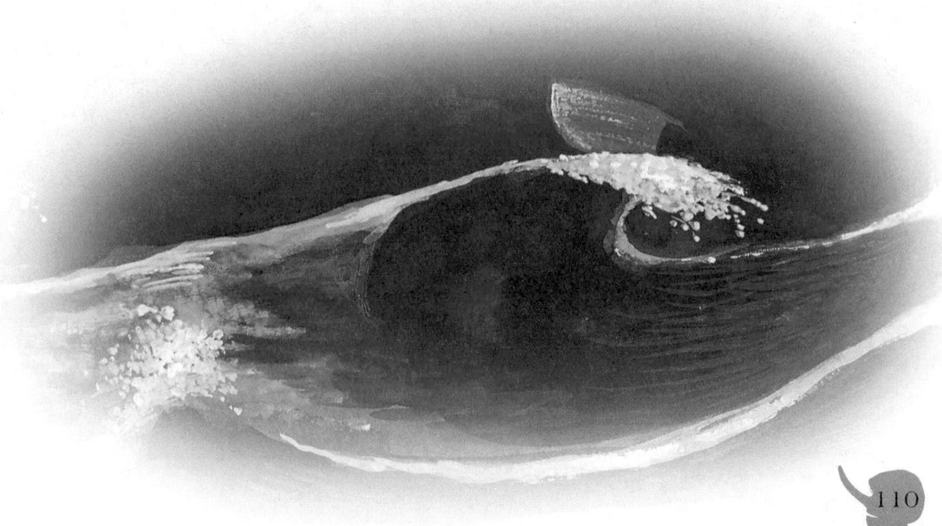

斷地揮來揮去，而且做出手勢，似乎在告訴皮諾丘準備把船開回岸上，但是海浪實在太大了，他根本無法划行。

這時一陣巨浪把小船打得更遠，岸上的人群直覺小船再也回不來了，一群人在岸上同聲為老人祈禱。

同時，身後傳來一記絕望的大喊，眾人回過頭去，發現是小男孩從峭壁上跳進了海裡，嘴裡喊著：「我要救我爸爸！」

因為皮諾丘是木頭做的，很快地他浮在海面上，整個人離海邊越來越遠，最後完全消失在大家眼前。

「可憐的孩子。」聚集在岸邊的人們低聲禱告，然後各自回家。

22. 游到忙蜂島，皮諾丘再次遇到仙子

皮諾丘在大海中游了一整晚，他看見不遠的地方有座小島，於是他又盡力地想要游到那座小島的岸邊，天空慢慢變得晴朗，太陽也露出來，大海變得風平浪靜。

皮諾丘在沙灘攤開他的衣服，好讓太陽曬乾，同時他四處張望，他在尋找爸爸的行蹤……但是到處是寬廣的天空與大海。

皮諾丘急著想知道自己到底在什麼地方，他感到孤獨忍不住放聲大哭，

突然有一條大魚游向岸邊，游著游著，把頭探出了水面。

「大魚先生，能不能請你好心地告訴我這座島上哪裡有村子，可以找到一點食物吃。」

「我是海豚，你只要從這兒走去，不久就會發現村子。」

「我要走哪條路過去呢？」

「從左手邊的那條小路直直走去，絕對沒錯。」

「我能再問你另一件事嗎？像你這樣整天整夜在大海裡游來游去，有沒有發現一艘小船載著我爸爸啊？」

「你爸爸是誰？」

「他是全世界最好的爸爸，而我大概就是全世界最糟糕的小孩。」

「昨晚那場風實在太大了，我想小船應該早就沉沒了。」海豚回答。

「那我爸爸人呢？他可能在哪裡？」

「他大概已經在大鯊魚的肚子裡了吧！鯊魚在海裡已經待了好幾年，他是死亡和毀滅的代表。」

「鯊魚很大嗎？」

「大！很大！讓你有個概念吧，鯊魚大概有五層樓這麼大，一口又醜又寬的嘴巴，可以吃掉一列火車還綽綽有餘呢！」

「我的天啊！」皮諾丘嚇得大叫，然後急忙穿上衣服，轉身向海豚說：

「再見，大魚先生，非常謝謝你好心地告訴我這些事。」

說完，皮諾丘便急著衝向那條巷子，邊跑邊擔心那五層樓大的鯊魚盯上他。

走了半個鐘頭後，他來到一座叫「忙蜂城」的鎮上，街上的人都很忙碌，像蜜蜂一樣熱鬧繁忙著，每個人都有事做，每個人都很忙，沒有一個人是偷懶，遊手好閒的。

懶惰的皮諾丘看到這光景馬上說：「這座城鎮不適合我，我生來就不是要工作的。」

皮諾丘肚子又餓了，他整整一天沒吃半點東西，怎麼辦呢？現在只有兩種方法，一個是找點事情做，一個是當乞丐伸手要麵包吃，但爸爸告訴過他只有老人和殘廢才能當乞丐。就在此時，街上出現了一名滿頭大汗的人，氣喘喘地拉著煤炭的貨車，看起來簡直要累垮了。

皮諾丘看他是一位大好人的樣子，於是向前走近不好意思地問說：「能不能請你賞我一分錢？我快餓死了。」

「不！不！不只一分錢，只要你幫我把兩車煤炭運回家，我可以給你兩分錢！」

「開什麼玩笑？我可不是專門運貨的動物，我不幫人拉車。」

「你真是好命，你得改掉那驕傲的個性，不然你會餓死的。」

幾分鐘過去，又一名水泥工人扛了一袋石灰走過來。

「先生，請您大發慈悲，賞點錢給要餓死的小男孩吧！」

「可以啊！扛著石灰跟我走，我可以多給你五分錢。」

「可是石灰太重了，我不想做這麼粗重的工作。」

「好吧！那麼你就得繼續餓肚子囉！」

半個鐘頭不到，已經有二十幾個人經過了，皮諾丘一一向他們乞討，但得到的答案都是一樣「你不覺得丟臉嗎？你應該找個工作，學會養活自己吧！」

最後，有位好心的婦人走過來，手上提著兩桶水。

「這位女士可不可以讓我喝口水？」皮諾丘說道。

「喝吧！孩子。」婦人指著那兩桶水。

皮諾丘就像海綿一樣，痛快地喝完水，然後他擦擦嘴說：「如果現在能讓我吃飽，那就更好了！」

好心的婦人說：「如果你幫我把這兩桶水提回家，我就請你吃麵包。」

皮諾丘看了看水桶，沒答應，也沒反對。

「除了麵包我還會給你一盤花椰菜沙拉。」

皮諾丘還在猶豫……

「除了花椰菜沙拉，我還會給你好吃的糖果。」

皮諾丘終於受不了美食的誘惑，鼓起勇氣提起水桶，說道：「好吧！我幫你提水回家。」

由於水桶實在是太重了，小木偶的雙手根本提不動，他決定把水桶頂在頭上。

終於到家了，好心的婦人讓皮諾丘坐在茶几前，然後端上麵包，花椰菜沙拉，還有糖果。

皮諾丘並不是用吃的，而是大口大口地狼吞虎嚥起來，像是好幾個月沒吃飯似的。

慢慢地皮諾丘開始覺得飽了，這才抬起頭來，準備感謝婦人的救命之恩，可是，他這麼仔細一看，簡直不敢相信自己的眼睛，他把嘴巴張得大大的，嘴裡還有沒吞進肚子的麵包和沙拉。皮諾丘一臉驚訝！

「小朋友，有什麼好奇怪的嗎？」好心的婦人笑著問皮諾丘。

「因……為，因為……你長得很像……我認識的一位仙子，沒錯，一樣的聲音，一樣的眼睛，你也有藍色的頭髮，對了！你一定是仙子姊姊！告訴我你就是仙子姊姊，你知道嗎？那時候我哭得多麼慘，多麼傷心難過。」皮諾丘邊哭邊緊緊地抱著仙子的腿不放。

23. 皮諾丘乖乖上學去

剛開始，婦人想要否認自己就是藍髮仙子，但她知道自己已經被小木偶認出來了，這戲也演不下去了，最後不得不承認，然後向皮諾丘說：「你這小壞蛋，你是怎麼認出我來的呢？」

「因為我太愛你了，我能感覺得到你，是我的心告訴我的。」

「你還記得我，是嗎？你離開的時候，我還是個小女孩，現在你看到，我已經是個女人，年紀大到可以當你的媽媽了。」

「這樣子很好啊！我一直想要有個媽媽，我可以叫你媽媽，但是你是如何長這麼快的呢？」

「這是個祕密。」

「告訴我嘛！我也希望快點長大，你看，我老是在膝蓋的高度。」

「你是長不大的。」

「為什麼？」

「因為你是木偶啊！你生來就是木偶，死了還是木偶。」

「我不想老是當木偶。」皮諾丘一邊抗議、一邊喊著：「我想要變成一個活生生的人。」

「只要你好好學習，就可能變成真人。」

「真的嗎？那麼我該怎麼做呢？」

「很簡單，只要你學著當乖小孩。」

「你是說我現在不是乖小孩？」

「你什麼都好，就是不聽話，好孩子都會專心念書，可是你整天遊手好閒。好孩子總是誠實，而你愛撒謊，好孩子喜歡上學，而你不喜歡學校。」

「我……現在起會當個乖小孩，去上學，我要勤勞，我要改變自己。」

「你是認真的嗎？」

「是的，我是真心的，我要當個乖小孩，我要讓爸爸為我感到驕傲，對了！爸爸現在在哪裡呢？」

「我不知道。」

「我還能再看到他，抱抱他嗎？」

「我想應該可以，我相信你一定會再見到他的。」

皮諾丘一聽到這個答案，高興地握著仙子的手，熱情地對仙子吻了又吻，然後開口問：「親愛的媽媽，告訴我，那時候你真的死了嗎？」

「看來並不是……」仙子笑著回答。

「你不知道那時候我有多麼難過，當我讀到『這裡躺著的是……』我哭得快要沒氣了！」

「我知道，所以我才原諒你，因為你真的哭得很傷心，我才知道你有一顆好心腸，一個孩子不管多調皮搗蛋，任性不講理，只要心地善良，就有機會重新做人，這也是我來這裡找你的原因啊！我可以當你的媽媽。」

「哦！真好。」皮諾丘興奮地跳了起來。

「你一定要好好聽話，從明天起你得去上學，然後學個技術。」

皮諾丘聽完臉都綠了。

仙子生氣地問：「你不是要當聽話的小孩子嗎？」

「我是說……現在我去上學會不會太晚？」

「不會的，孩子，你要記住不管學什麼，永遠都不會嫌晚。」

「但我不想學什麼技術。」

「為什麼？」

「因為工作對我來說，實在太無聊了。」

「孩子，不管有錢人或窮人，每個人都要找些工作來做。你要知道懶散是一種可怕的病，在小時候就要治好，否則等到長大就一輩子也治不好了。」

這些話果然對皮諾丘有用，他對仙子說：「我想要念書，也想要工作，我會照你的話去做，我不要做木頭人，我要當真正的人。」

「對了，我說過，但這一切卻得靠你自己。」

24. 可怕的大鯊魚

第二天，皮諾丘到當地的學校上學去了。

學校裡總是有些調皮搗蛋的孩子，有些人對他惡作劇，偷走他的帽子，扯他的外套，用墨汁畫鬍子，還有用繩子綁住他的腳，然後讓他跳舞。皮諾丘向那些搗蛋鬼說：「我來這兒不是給你們當小丑玩弄，請你們尊重我。」

那些搗蛋鬼之中有一位最傲慢的傢伙還伸出手來，想捏小木偶的鼻子！

但他沒算準，皮諾丘早就搶先從書桌下伸出腿來，狠狠地踢了他一腳。

另一個小搗蛋也因為說了一句：「好硬的手肘！」肚子也挨了一下。

戰勝學校惡霸的皮諾丘馬上贏得同學的讚賞和友誼。

老師也喜歡他，因為他上課認真聰明。他總是最早上學，最晚放學。

皮諾丘的缺點就是身邊有太多朋友，而這些朋友之中總是有一些不愛上學的小混混，仙子不斷重複地告訴他「在學校要小心，有一些糟糕的同學，

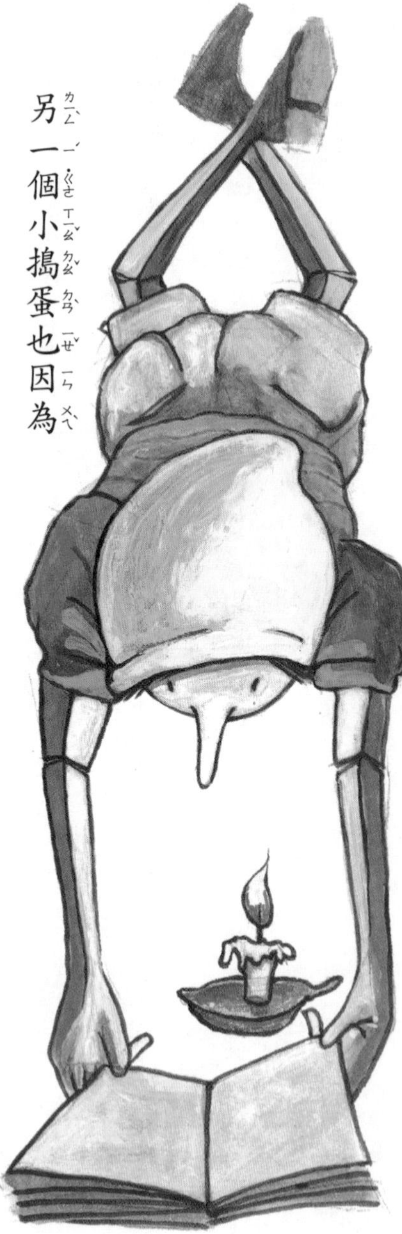

他們會鼓勵你不要上學讀書，他們很會惹麻煩，你也會跟著惹禍上身。」

有一天出事了。

他在上學途中遇見一票遊手好閒的同學，他們問皮諾丘說：「你有沒有聽說附近海邊有一條像座山一樣大的鯊魚？」

「真的嗎？我猜那鯊魚可能跟我爸爸溺水那晚看見的是同一條。」

「我們正要去海邊瞧瞧，你要一起去嗎？」

「我等放學再去看吧！」

「你真的很笨，你以為一條鯊魚會為你停留嗎？別傻了。」

「那就出發吧！」小木偶和一夥人一路往海邊跑，可怕的事正要發生。

25. 皮諾丘被逮捕

皮諾丘首先到達海邊，而海洋平靜無浪，光滑的像一面鏡子。

「鯊魚呢？」小木偶問同伴。

「大概吃早餐去了吧！」

「搞不好還在睡覺呢！」另一個邊笑邊說著。

小木偶聽到同學邊說邊笑，他開始意識到這是場惡作劇，而他上當了。

生氣的皮諾丘問：「為什麼要這樣對我？給我一個解釋。」

「我們只是不想讓你上學，你每天用功讀書，難道不會不好意思嗎？」

「我用功念書跟你們有什麼關係呢？」

「當然有關係，因為有你在，我們幾個就變成老師眼裡的蠢蛋。」

「那麼你要我怎麼做才會滿意呢？」

「我們要你討厭學校、課本，還有老師，這是我們的三大敵人。」

「假如我不肯呢？」

「那你今天就要倒大楣了。」

小木偶搖著頭說：「我不吃你這一套。」

「你的膽子真的很大，你只有一個，而我們有七個人，你難道不怕？」

皮諾丘張開十個手指頭貼在鼻子，像是在嘲笑他們，又說：「我才不怕你們呢！」

脾氣最壞的那個男孩叫著：「先嘗我這一拳！」說著說著便從皮諾丘的臉上揮去。

皮諾丘不甘示弱，閃開後馬上回敬一拳，一時間所有的孩子都加入了戰局。

儘管皮諾丘只有一人，但他還是勇敢地對抗，凡是靠近皮諾丘的都會被踹得老遠而且留下淤青。

這群小壞蛋雖然有七個，但並不是皮諾丘的對手，後來他們索性解開手中的課本，拿來當作砸他的武器，不過眼明手快的皮諾丘總能閃過攻擊。

這時小男孩們已經快要把整捆書丟光，他們看見皮諾丘的書就在不遠處，不一會兒他們解開了書，裡面有一本最厚的《數學概論》，這本書非常地重，有個小男孩把那本書瞄準皮諾丘的頭，用全身力氣丟出去，不料沒砸中小木偶不打緊，反而砸中了另一名小男孩的頭，他的臉瞬間變成了蒼白，嘴裡說著：「快救我！我快要死了。」說完就呈現大字形地倒在海灘上。

看見有同學倒臥在海灘，一群人全都嚇壞了，一時間跑得無影無蹤。

最後只剩下皮諾丘一個人留在原處，雖然他又難過又害怕，但他還是拿著手帕沾溼海水，為受傷的同學擦著額頭，嘴裡喊著：「尤金、尤金，你張開眼睛啊！你回答我呀？你知道不是我打中你的！假如你一直閉著眼睛會把我害慘的！天啊，怎麼會這樣呢？如果我現在離開可以嗎？」皮諾丘不斷地哭喊著，突然間，他聽見沉重的腳步聲。

他抬頭一看，是兩名警察。

「你在地上做什麼？」

「我在這裡照顧我的同學。」

「這是一名受傷的男孩，是誰把他打傷的？」

「不是我。」皮諾丘結結巴巴地說。

「那是怎麼受傷的？」

「是被這本書打中的。」皮諾丘把手中那本《數學概論》交給警察。

「這書是誰的？」

「是我的。」

「這就夠了，你已經告訴我一切的真相，跟我們回去吧！」

「我是清白的。」

「別囉嗦，跟我們走！」

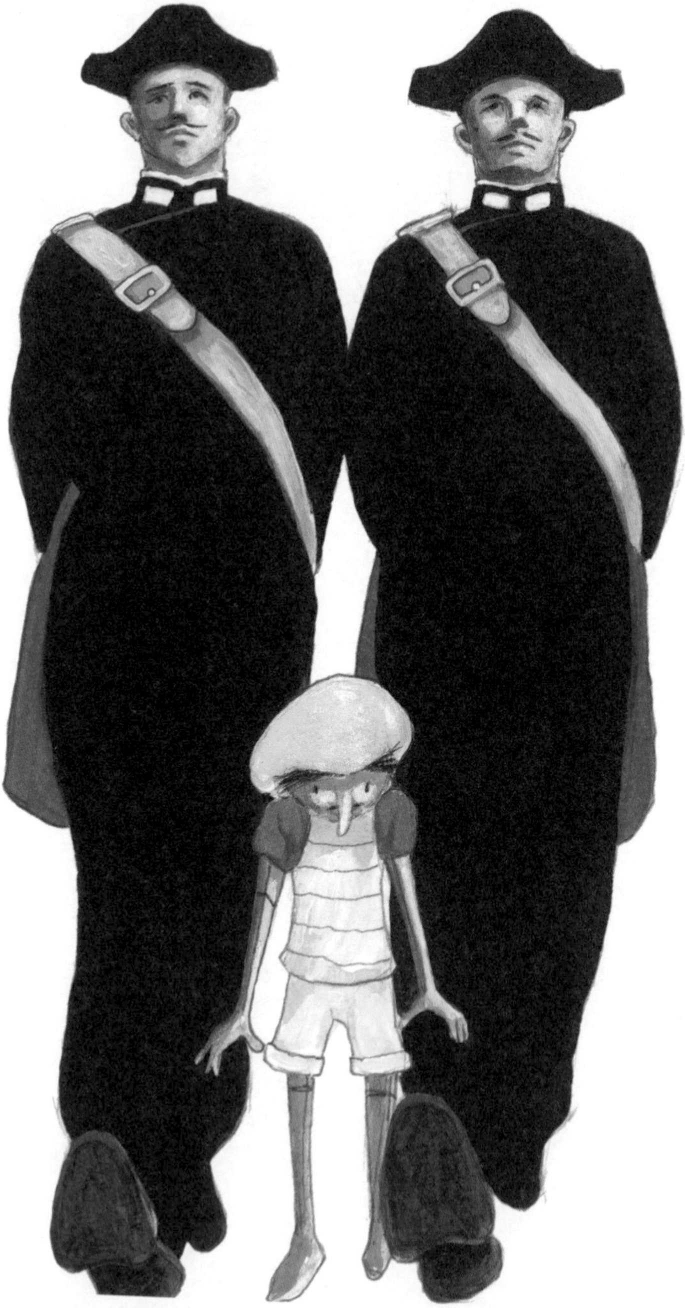

離開之前，警察請託幾名漁夫照顧小男孩，並說：「明天我們會來看小男孩。」話一說完，他們就用軍人的語氣命令皮諾丘走在警察中間，模樣就像犯人一樣。

眼看著皮諾丘就要走進村子，突然一陣風把他的帽子捲走。

「我可以去撿回我的帽子嗎？」

「去吧！馬上回來！」

小木偶走過去撿起帽子，一口咬著，像風一樣衝向海邊。

警察心知追不上小木偶，於是放出一隻贏得賽跑冠軍的獒犬墨丘力去追，不到幾分鐘就已經看不見他們倆的影子了！

26. 皮諾丘差點成為鍋中魚

皮諾丘以為自己就要被追上了，但小木偶似乎可以聽見獒犬墨丘力氣喘呼呼的聲音。就在即將看到海邊時，皮諾丘像青蛙一樣跳進海裡，但是獒犬墨丘力則是無法控制衝勁，最後也跟著小木偶一樣掉進海裡。

可憐的墨丘力不會游泳，他露出無限的驚恐，「我快淹死了！救我！」

聽到這麼辛酸的哀求聲，心地善良的皮諾丘抱著同情的心，轉身告訴墨丘力：「如果我救你，你就不能再追我，可以嗎？」

「我答應你，求求你快救我，我真的快淹死了。」於是小木偶游向墨丘力，用雙手拉住他的尾巴，把他拖到比較乾燥的岸邊。

「再見囉！墨丘力，祝你一路順風。」為了自身的安全，不能確定墨丘力會守信用的皮諾丘又跳回海裡。

「再見，皮諾丘，非常謝謝你救了我一命，好心會有好報，以後只要你有需要，

我也會幫你的。」

皮諾丘繼續沿著海岸游，正當他要上岸的時候，水裡有個東西鉤住他，然後慢慢升起，想要逃跑已經來不及了。原來他被一張大大的漁網給網住了，裡面擠滿了各式各樣的魚，一名醜陋的漁夫正把網子拉出海面，高興地大喊：「感謝老天爺給我一頓美味的海鮮大餐。」

漁夫把漁網裡的海產一一拿出來丟進水槽裡，有秋刀魚、鱈魚、沙丁魚、螃蟹和鯷魚，牠們一一被丟入水中，最後只剩下皮諾丘。

漁夫一對綠眼瞪得大大地看著他，「這到底是什麼魚啊！我這輩子還沒吃過這種魚呢！」

「我想這一定是螃蟹。」

小木偶很不服氣地說：「你這沒腦袋的漁夫，你看不出來我是木偶嗎？」

「哦，是木偶魚。」

「你看清楚，我跟你一樣會動腦，會說話，你應該把我放了，讓我回家。」

「開什麼玩笑？你認為我會放了你嗎？我怎麼可以放過吃木偶魚的機會。」

漁夫把扭來扭去不停掙扎的小木偶用蘆葦像捆香腸一樣捆住，接著他把每條魚都沾了麵粉，然後一一放入油鍋裡，首先是鱈魚、沙丁魚、鰈魚、鰻魚……最後輪到了皮諾丘。

眼看著自己就要慘死，漁夫卻怎麼也不瞧他一眼，漁夫把皮諾丘全身滾上一層麵粉，拎起他的腦袋……

27. 仙子給的願望

正當皮諾丘要被丟入鍋中時，一隻大狗被濃濃的魚香引來。

「走開！」漁夫一手拎著沾滿麵粉的皮諾丘，一面對著大狗喊著。

大狗已經四天沒吃東西了，他可不想走開，這時有道微弱的聲音像是從山洞裡傳來：「墨丘力，救救我，我就快要進油鍋了！」

大狗馬上認出是皮諾丘的聲音，而且還是從漁夫手裡的那團麵糊發出的求救聲，墨丘力跳起來，用嘴巴從漁夫手裡搶下麵團，像閃電一樣地跑開。

漁夫眼看著最想吃的木偶被大狗搶走，氣得立刻追上去，可是跑了幾步就因為咳得太厲害而放棄了！

墨丘力跑到村子裡，放下了皮諾丘。

「我該怎麼謝謝你呢？」

「不用謝了，你也曾經救我一命，好心有好報，我們應該要相互幫助啊！」說完墨丘力就離開了。

皮諾丘獨自走向附近的一棟房子，他向站在門前乘涼的老爺爺問：「好心的老先生，請問你知道一名叫尤金的小男孩，後來怎麼了？」

「他傷勢還好，已經回家了。」

小木偶放下心裡的一顆大石頭，踏上回家的路上，心裡卻想：「我哪有那個臉回去見仙子，要是她看到這樣的我，會原諒我嗎？我太壞了，每次都不守信用，我太壞了。」

走進村子，天色已暗，還颳著強風，下著大雨。皮諾丘還是決定去仙子家門口敲門，他明白仙子一定會答應讓他進門。

真的來到了門口，皮諾丘反而猶豫不決，拿不定主意，終於他輕輕地在門上敲了一下。

等了半個鐘頭，頂樓的一扇窗戶被打

開，一隻大蝸牛探出頭來，頭上還掛著一盞小燈，問著：「這麼晚了，誰在敲門啊？」

「仙子在家嗎？」

「仙子已經睡了，別吵醒她，那你是誰啊？」

「我是皮諾丘。」

「哦！我知道了，留在那裡等一下，我現在下樓幫你開門。」

「求求你可以快一點嗎？外面又冷又下著雨。」

「我盡量，我可是隻蝸牛，你知道蝸牛是走不快的。」

時間一分一秒地過去了……

「親愛的蝸牛，我已經在這裡等了兩個鐘頭，拜託你快一點好不好！」

時間一小時一小時地過去了……

皮諾丘無法再等下去，對著大門來個飛踢，結果踢得太用力，整隻腳卡在木門裡，動彈不得。小木偶想要把腳拔出來，卻怎麼也沒有用，只能整晚都用一隻腳繼續站在門外……想想這有多麼悲慘啊！

隔天一早，大門終於打開。

「你把腳插在門裡做什麼？」

「是我不小心弄的，蝸牛先生，那麼能不能請仙子來幫我？」

「仙子還在睡覺，別吵醒她。」

「可是你看我腳卡在這裡，什麼也不能做。」

「你可以給我點東西吃嗎？我快餓扁了。」

「馬上來！」蝸牛說道。

皮諾丘等了三個半小時，才看見蝸牛頭上頂著盤子爬回來。盤子裡有一條麵包，一塊烤雞肉。

「這是仙子請的喔！」

一看到好吃的東西，皮諾丘鬆了一口氣。

當他一口咬下，才發現所有的食物都是石膏做的，氣得把盤子以及所有的東西都扔掉，不知道是因為太難過還是太餓，最後他昏了過去。

皮諾丘醒來的時候已經是躺在沙發上了，仙子就坐在旁邊。

「這次我可以原諒你，但你若是再不聽話，以後就要大禍臨頭了！」

皮諾丘發誓要當個好孩子用功讀書，他果然守信，當了一年的乖寶寶。

仙子覺得相當滿意，有一天便向小木偶說：「明天，你的願望就會實現。」

「你是說……」

「好孩子，明天你就可以不用再當木偶了，而是成為真正的小男孩。」

小木偶高興地跳起來歡呼，他準備邀請所有的同學和朋友到仙子家來，好好招待大家吃頓大餐……

不幸的是，木偶的生活總會遇到意外，原本好好的事情總會搞砸。

28. 遊樂園的誘惑

皮諾丘請求仙子讓他可以去城裡邀請同學和朋友來家中做客。

臨出門前，仙子提醒著：「路上要小心，記得快點回來，不要找麻煩。」

「我已經學到教訓了，不會再掉入陷阱了！」

「我們再看看你是不是能說到做到吧！」

小木偶高高興興地出門，不到一個鐘頭幾乎已經把所有的朋友都邀請了，最後皮諾丘來到他最要好的同學——羅蜜歐——家中，因為他長得瘦瘦長長的像燈芯草，所以大家都叫他「燈芯草」。

燈芯草是學校裡最懶惰，最搗蛋的學生，但皮諾丘還是很喜歡他。

「明天開始我就不用當木偶人了，明天過後我就可以成為真正的男孩，為了慶祝這個特別的日子，我特別邀請你來我家慶祝。」

「真是不錯，但是今晚我就要離開了。」

「你要去哪裡？」

「我要去一個充滿快樂的地方。」

「那裡叫什麼名字？」

「叫遊樂園，你要不要一起去？」

「皮諾丘！相信我，不去你會後悔的，那裡沒有學校，沒有老師、課本，每天都像星期天，真是天堂。」

「我也喜歡這種日子。」

「那你到底去不去呢？」

「不！不！不行，我答應仙子要做個聽話的孩子。」

「別急著回家，再等兩分鐘，等一下會有

一輛馬車載著我們上百名的男孩一起前往遊樂園，你可以看看再離開啊！」

馬車終於來了，說是馬車，但拉動馬車的都不是馬，而是十二對大小一樣，顏色不同的驢子，每隻驢子全都穿著白靴子。

最好玩的是那位車伕，他身材又矮又小，臉蛋也小得和蕃茄沒兩樣，一口尖嘴老是笑著，小男孩見到駕駛著馬車的他都被吸引住了，拼命擠上馬車，巴不得快點到達天堂般的遊樂園。

車上擠著滿滿的小男孩，擠到連呼吸都感到困難，但他們一點抱怨也沒有，因為他們期待的天堂，再過一、兩個鐘頭就到了。馬車停下來，車伕向燈芯草使了眼色，燈芯草馬上擠進馬車，但實在是沒有位置，燈芯草索性站在車外的橫槓上。

「那麼你呢？好孩子？」車伕用著取悅的口氣問皮諾丘。

「不！我馬上要回家，好好用功讀書，做個乖寶寶。」

「那祝你好運囉！」

「皮諾丘，跟我們走肯定沒錯，一起玩個痛快吧！」

「跟我們一起走！否則你會後悔的！」車上有上百個男孩向皮諾丘高喊著。

「要是跟你們走，仙子又會怎麼教訓我呢？」皮諾丘像問著自己說道。

「別擔心，只要到遊樂園，除了玩耍，還是玩耍，這世界上還有什麼比這更幸福的呢？」

皮諾丘禁不起引誘，嘆了口氣說：「留個空位給我，我跟你們去吧！」

車伕說：「可是車上再也擠不下了，我的位置給你坐。」

「那你呢？」

「我用走的就好啦！」

「這樣不好，我看我選頭驢子好了。」

說完，皮諾丘便跳上一頭驢子的背上，突然間，他似乎聽到微弱的聲音：「可憐的蠢蛋！你總是禁不起引誘，你一定會後悔的。」

他連忙看看四周，卻什麼東西也沒有。

馬車連夜趕路，終於在天亮之前到了遊樂園，這個遊樂園很不一樣，只有八到十四歲的小男孩，滿街都是歡呼聲，有人扔鐵環、騎木馬、捉迷藏，還有人扮小丑，或打扮成大將軍頭戴紙鋼盔，假裝指揮大軍，毫無秩序。

馬車進城後，燈芯草和其他男孩全部衝到街道，不一會就全都混在一起了，世界上有誰比他們更快樂呢？

「哇！這種日子真是太棒了。」皮諾丘高興地大叫。

「我說的沒錯吧！原本你還不願意跟我來呢！」

就這樣，皮諾丘在遊樂園裡大玩特玩了五個月，直到有一天早上，他從夢裡醒來，這才發現大事不妙……。

29. 皮諾丘長出了驢耳朵

猜猜皮諾丘出了什麼問題？

他發現自己的耳朵變長，他嚇壞了！

小木偶的耳朵是小到幾乎看不出來的，試著想像一下，皮諾丘一早醒來摸到自己的耳朵變得跟一隻掃帚般大小，是多麼可怕！

他連忙想看看自己的樣子，卻找不到鏡子。不得已的他裝滿一臉盆的

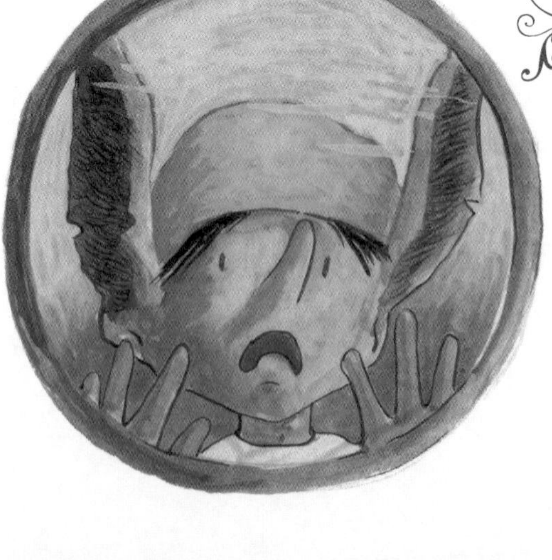

水，往裡面探頭一看，皮諾丘嚇壞了，他的耳朵長得跟驢耳朵一樣。

皮諾丘放聲大哭，可是越哭泣，耳朵就越長越長。

有隻住閣樓上的松鼠，聽到皮諾丘大哭，趕緊問道：「怎麼回事啊？」

「親愛的松鼠，我是不是生病了？」

「你得了一種危險的熱病，而且很不樂觀。」

「我從來就沒聽過這種病。」

「沒錯，幾個鐘頭過後，你就不再是木偶了，你會變成一頭驢子，就跟那些載著你們來的驢子一樣。」

「我的天啊！我不要變成驢子。」

「小朋友，認命吧！你們總是懶惰，不愛上學念書，只知道整天玩樂，最後就會變成驢子。這是遊樂園的規定，誰也改變不了呀！」

「真的是這樣嗎？」

「現在哭也是沒用的，要是你早點想到就沒事了。」

「這不能全怪我，要怪就要怪燈芯草。」

「燈芯草是誰？」

「他是我同學，是他帶我來這裡的，他說這裡一輩子都不用讀書，從早玩到晚，逍遙過日子。」

「小朋友，為什麼你要聽他的話呢？他的話不一定都是為你好，而且你也要為自己負一點責任，不是嗎？」

皮諾丘聽完松鼠的話一心想找燈芯草算帳，當皮諾丘想跑出門的時候，他想到自己的那對驢耳朵，於是他找了一只棉布袋，把頭整個罩住。

「是誰啊？」燈芯草問道。

「是我，皮諾丘。」

「等一等，馬上讓你進來。」

過了許久，燈芯草才把門打開，皮諾丘發現燈芯草跟自己一樣也罩著一個棉布袋，不由得嚇了一跳，原本氣呼呼的他，心裡稍稍舒服一些。

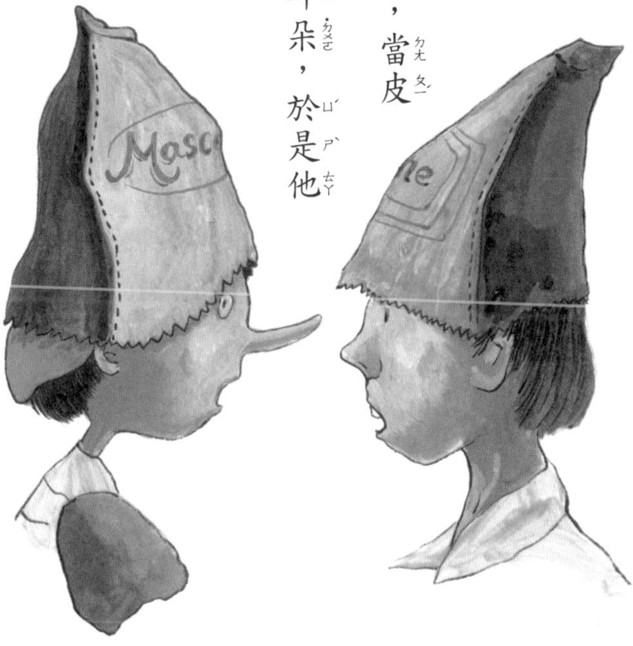

起先他們都不願意承認自己長了驢耳朵，後來他們協議同時拿下布袋。皮諾丘開始數「一、二、三！」喊完，兩人同時拿起布袋，往旁邊扔。兩人互看對方，像是在照鏡子一樣，沒有因此而害羞，反倒相互玩起對方的耳朵，開始大笑個不停，笑到肚皮都快破了。

後來燈芯草突然不笑了，身體開始發抖，臉色發白，「救我！」

天啊！兩個人都快站不住了，只能趴在地上，慢慢的手腳變成了蹄，臉變成驢子臉，身上長出斑點跟毛，最後開始長出尾巴，眼看自己變成驢子，兩人嚎啕大哭，後來連哭聲也變成驢子般的嘶吼聲，像極了二重唱。

「快點開門！我是帶你們來的車伕，快點開門，否則你們會完蛋！」

30. 變成驢子，被送到市場

皮諾丘和燈芯草兩人根本無法開門，車伕於是一腳踢開大門，「恭喜，你們的叫聲聽起來棒透了，一聽到這美妙的聲音我就趕來了。」

車伕將他們仔細打理，準備送到市場賣個好價錢。

市場多的是等著買驢子的人。燈芯草被賣給了一位農夫，皮諾丘則賣給了馬戲團，他準備讓皮諾丘學跳舞，跳鐵圈，和其他動物一起表演。

車伕是一肚子壞水的假好人，他駕著馬車到世界各地，路上遇到不愛念書，不要上學的孩子，他會全把他們帶到遊樂園，直到孩子都變成了驢子後，他就開心地把驢子帶到市場去賣掉，車伕用這方法已經為自己賺滿荷包，變成一名百萬富翁。

馬戲團主人向變成驢子的皮諾丘說：「你要幫我工作賺錢，我會教你跳鐵圈，撞破黏好的紙，還有跳舞、單腳站立，別只顧著吃東西。」

皮諾丘被逼著去學戲法，花了三個月才全部學會，全身被打得都是傷。

有一天，主人宣布要舉辦一場盛大的表演，街上貼滿了公演的海報。

今晚由本戲班全體演員及駿馬共同為您表演各式絕活，絕對值回票價，

特別推薦首次加入演出的舞王之王——小驢子皮諾丘，為您帶來五光十色的舞台表演。

演出前一個鐘頭，戲院就已經客滿，小孩子等不及要看小驢子皮諾丘。等到開場結束，團長向觀眾說明小驢子皮諾丘的訓練過程，說自己是多麼辛苦，然後鞠了好幾次躬，台下的觀眾等不及要看小驢子皮諾丘。

「來！皮諾丘向觀眾行禮。」皮諾丘只好順從地彎下膝蓋跪在地上。

「走！」皮諾丘又在場子繞一圈。

又一會兒，團長大聲嚷著：「跳著走！」

皮諾丘立刻跳著走。

「跑著走！」

皮諾丘賣力地向前跑。

團長對天空開了一槍，皮諾丘聽到槍聲，立刻假裝中彈，昏死過去。這時戲院立即響起掌聲，皮諾丘站了起來，看著觀眾。他看到包廂裡坐著一位美麗的女士，脖子上的金墜子上面鑲著皮諾丘的相片。

「那相片裡的人是我，她是仙子！」皮諾丘一眼就認出來。

皮諾丘忍不住大叫著仙子，但那聲音實在是難聽極了，團長用鞭子抽他，一邊大喊：「皮諾丘！快點讓大家看看你跳鐵圈的英姿。」皮諾丘試了好幾次，真的跳出去的時候，整個身體狠狠地摔往另一邊去。

皮諾丘這一摔把骨頭給摔斷了，只好一跛一跛的走回馬廄。

第二天一早，獸醫向團長說：「這小驢子一輩子只能跛著走路了。」

現實的團長一聽到驢子再也無法替他賺錢，便趕緊帶他去市場賣掉！

到了市場有人詢問：「這頭驢子賣多少錢？」

「五枚銀幣。」

「我只出五先令，這隻驢子根本沒用，我想剝他的皮，做一面鼓呢！」

團長答應用五先令氏賣出，付完錢，新主人馬上牽著小驢子到海邊，他把一塊大石頭掛在小驢子的脖子上，讓他整個沉進水裡，就這樣皮諾丘沉到了海底，新主人坐在岸上準備等著驢子淹死，再取走身上的皮。

31. 變回小木偶

一個小時過去，新主人心想驢子應該已經死了，找人把牠拉上岸。

當他把皮諾丘拉上岸的時候，看到的並不是一命嗚呼的驢子，而是全身像蛇一樣扭動的小木偶。

新主人嚇得一句話也說不出來，嘴巴張得大大的：「我的小驢子呢？」

「我就是那頭驢子。」

「你！」

「沒錯！我就是那驢子，你放了我，我就告訴你這是怎麼一回事。」

新主人為了知道是怎麼一回事，真的解開繩子，讓皮諾丘重獲自由。

「是這樣的，當我落入海裡，海裡的魚群以為我是頭死驢子，全部圍著我又啃又咬的，有的吃我的耳朵，有的吃我的鼻子、蹄子、鬃毛、尾巴，最後吃到只剩下骨頭。哦！應該說是木頭，我想他們一定知道木頭無法消化，所以就放了我這個小木偶。」

「小木偶？」新主人問道。

「沒錯，把我賣給你的馬戲團團長是個大壞蛋，他專門駕著車到處找不喜歡讀書的小孩，帶到遊樂園，讓他們慢慢的變成驢子再把他們賣掉。」

新主人終於知道事情的經過，他說：「可是我花錢買下了你，現在我只得再把你帶回市場當柴賣了！」

「隨你高興，我無所謂。」說著說著小木偶便往海裡跳，然後大喊：「再見了，主人！」

不一會兒，小木偶已經游得老遠，一路游向大海，但不幸的事正在等待著小木偶，原來在大海中他遇到了人稱「海上殺人魔」的大鯊魚，無論小木偶再怎麼會游泳，運氣再怎麼好，一切都太遲了，鯊魚已經趕上皮諾丘。

鯊魚深深的吸一口氣，皮諾丘被吸進鯊魚的胃，一動也不動地昏迷了。

醒來的皮諾丘根本不知道自己在哪裡，伸手摸去到處都是一片漆黑，用耳朵聽不到一點聲音，然後他感覺到一陣風，他發現這風來自大鯊魚的肺。

皮諾丘知道自己在鯊魚的肚子裡後不禁哭起來：「救命啊！救命啊！誰來救救我啊！」

一條金鎗魚游近小木偶的身邊，然後說：「看來我們只能任由命運擺布，我們絕對逃不出這大鯊魚的嘴巴，遲早會被消化掉。」

「我不要被消化掉，我要想辦法離開。」

皮諾丘邊說邊尋找出口，在遠處有一道光線，皮諾丘心想或許他可以遇上一隻老魚，給自己一些意見。

32. 和爸爸相聚

走著走著，那道光越來越清楚，他發現了一張桌子，桌子上還點了一根蠟燭，一位頭髮花白的老爺爺坐在桌子吃著魚。

皮諾丘看到老爺爺之後差點沒有昏過去，他興奮的想哭想笑，伸開雙手抱著老爺爺的脖子，大聲地嚷著：「爸爸！我終於找到你了！」

老爺爺揉著眼睛說：「真的是我最愛的皮諾丘嗎？」

「是的！我是皮諾丘，我親愛的爸爸。」

「你是怎麼被吞進來的？」

皮諾丘從離開家逃學去看木偶表演說起，說完了他的遭遇之後，他問爸爸怎麼會在鯊魚肚子。

「那天我準備駕船去找你，但風浪太大把小船打翻，大鯊魚把我吞進肚子裡，我算幸運，被鯊魚吃進來的船裡有很多食物，讓我在這裡活了兩年，現在東西已經被我吃光了，就只剩眼前最後一根蠟燭了！」

「那接下來怎麼辦呢？」

「看來只能在黑暗中等待死亡了！」

「不行，我們時間不多，得想方法出去才行。」

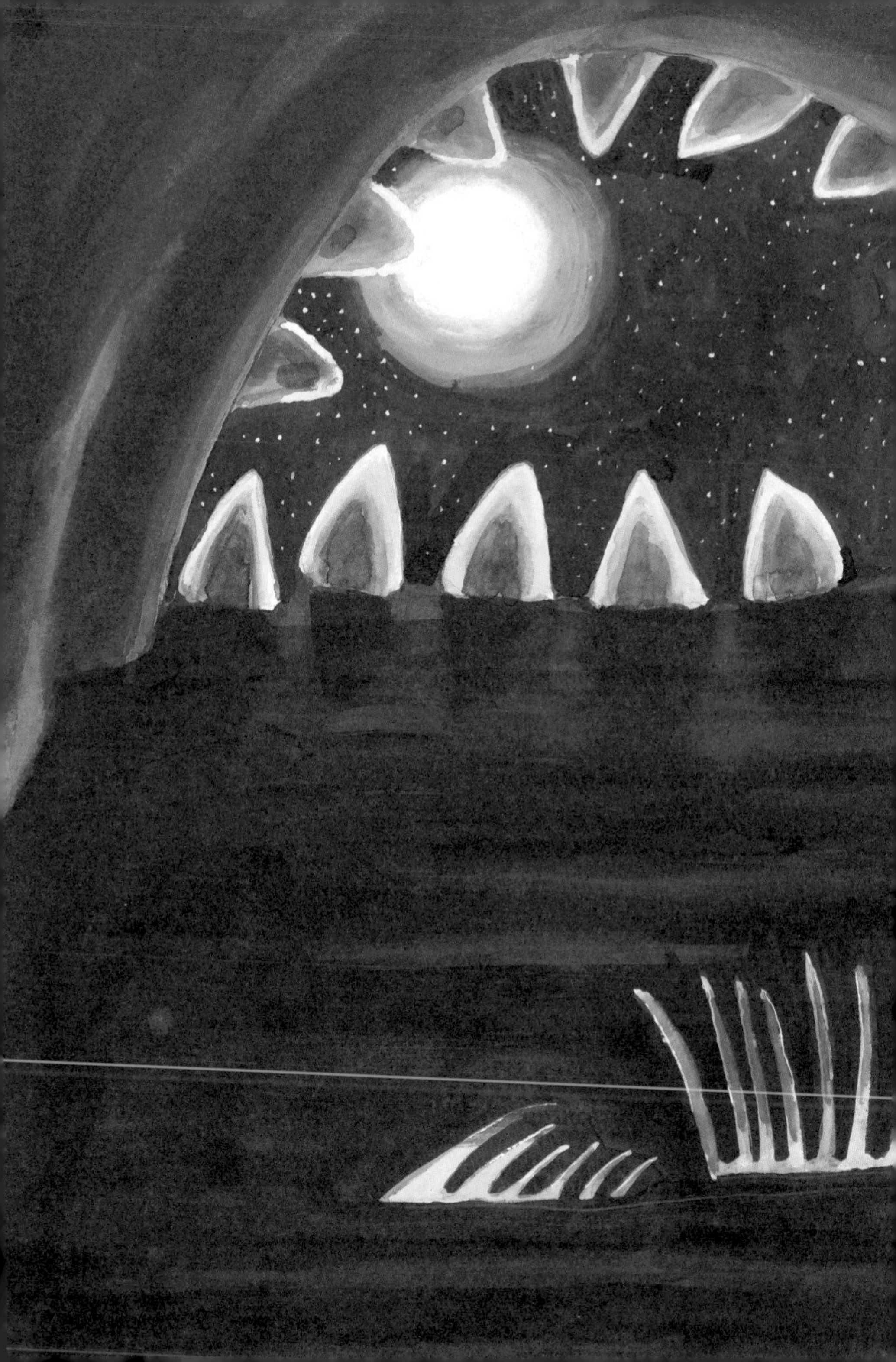

「怎麼可能從大鯊魚的肚子出去呢？」

「想辦法從鯊魚的嘴巴跳出去，然後我背著你一路游到岸上。」

話一說完，皮諾丘拿起了蠟燭往前走去：「跟我走吧！別擔心。」

這隻大鯊魚年紀已經很大了，他不只患有心臟病還有氣喘，睡覺的時候總是張大嘴巴呼吸，皮諾丘趕緊把握機會往鯊魚喉嚨外頭一探。

「趁現在！」鯊魚的舌頭就像一條馬路，走到盡頭的時候，他們爬到鯊魚的喉嚨，沿著鯊魚的舌頭走到鯊魚的牙齒前面。

皮諾丘對他的爸爸說：「爬到我背上吧！抓牢，看我游泳的本事！」

皮諾丘背著爸爸終於逃出鯊魚的嘴巴！

33. 成為真的小男孩

皮諾丘游向海岸，而爸爸冷得不停發抖，其實皮諾丘也已經筋疲力盡，卻裝出充滿希望的樣子，「救我……我快撐不住了！」

眼看兩人都要沉下去，這時候有個聲音傳過來：「誰快撐不住了？」

「是我皮諾丘，還有我的爸爸。」

「我是金鎗魚，我是跟著你跑出來的。」

「親愛的金鎗魚，你來得正是時候，救救我們，否則我們會完蛋。」

「這簡單，捉緊我的尾巴，四分鐘後你們就能上岸了。」

皮諾丘和爸爸坐在魚背上，很快的便到達岸邊，皮諾丘向金鎗魚說：

「謝謝你救了我們，離開之前，能讓我吻吻你嗎？」

金鎗魚把鼻子露出海面，小木偶跪在地上，低頭吻了金鎗魚的嘴唇。從不習慣別人對他好的金鎗魚感動得落淚，連忙轉身離開岸邊，游回了大海。

「爸爸，你靠著我走吧！慢慢走，找個地方休息！」

他們走沒多久，發現路邊站著一高一矮的乞丐就是狐狸和貓啊！他們的樣子變了，差點令人認不出來，這隻貓裝瞎裝得太久，這下子真的瞎了！而狐狸更是老得不像話，身上的毛半數讓蟲啃光，連尾巴也不見了！

「哦！皮諾丘，求你大發慈悲，賞些東西給我們兩個可憐的人吧！」

「你們這兩個壞蛋，離我遠一點，別以為我會再上當！」

「我們真的無處可去了。」

「大壞蛋，你們真是『惡有惡報』。」

皮諾丘說完，便跟著爸爸輕鬆地離開。他們走不到一百步，眼前出現一棟紅磚瓦屋，屋頂蓋滿黃澄澄的稻草，皮諾丘趕緊過去敲門。

「門外是誰啊？」屋裡細小的聲音。

「是我皮諾丘，還有我爸爸，我們沒東西吃。」小木偶回答著。

「門沒鎖，自己進來吧！」

「主人在哪裡呢？」

「我在上面。」原來樑上站著一隻會說話的小蟋蟀。

「原來是你，親愛的小蟋蟀。」皮諾丘說著，便彎腰鞠了躬。

「你為什麼不用槌子打我了呢？」

皮諾丘有點不好意思，然後說：「請別把我們趕出去。」

「我不會把你們趕出去的，別忘了無論以前別人對你多麼惡劣，活在這世上要盡可能善待別人！」

「小蟋蟀，請你告訴我，哪裡可以找到一杯牛奶給我爸爸？」

「附近有個園丁叫加吉歐，或許你可以去問問看。」

小木偶馬上跑去找加吉歐。

「請問可以給我一杯牛奶嗎？」

「如果你替我轉動轆轤，我就給你一杯牛奶。」

「什麼是轆轤？」

「那是一種木頭裝置，可以把水從井裡取出來灌溉我的花園。」

「那我試試看。」

「如果你能提出一百桶水，我就馬上送你一杯好喝的牛奶。」

加吉歐領著小木偶到花園去，教他如何用轆轤提水。小木偶開始工作，但提不到一百桶水，他已經滿身大汗了，他從來沒做過這麼辛苦的工作。

提完一百桶水後，加吉歐滿意極了，並說：「這些原本是我那頭驢子的工作，但他已經快不行了。」

「我可以去看看他嗎？」

「可以啊！」

皮諾丘走進馬廄，看見一頭得了重病的驢子，他看起來非常眼熟，皮諾丘靠近一看，然後問：「你是誰？」

「我是……燈……芯草」驢子話一說完便闔上雙眼，嚥下最後一口氣。

「哦！可憐的燈芯草。」

皮諾丘帶著牛奶回到蟋蟀家，並且和園丁達成協議，每天在天亮以前起床，跑去園丁家工作，替爸爸換來一杯牛奶補補身子，就這樣皮諾丘做了五個月的時間，除此之外，他還學著編織竹籃，賺一些生活費，甚至還幫爸爸做了一輛推車，讓他能在天氣晴朗的日子出去散步。

皮諾丘利用晚上寫字念書，聰明又努力的皮諾丘讓爸爸的生活過得很好，還存了兩先令準備替爸爸買一套西裝。

某天早上，皮諾丘出門，突然有人對他說話：「你還記得我嗎？」

「我想起來了。」皮諾丘大聲回答。

「親愛的蝸牛，仙子在哪裡？她原諒我了嗎？我可不可以去看她呢？」

蝸牛回答：「仙子生病了，現在倒在醫院裡。」

「醫院？」

「是啊！她吃了很多苦頭，病得很厲害，窮得連麵包也買不起。」

「怎麼會這樣呢？要是我有一百萬金幣就好了，可是現在我手上只有兩先令，原本是要給我爸爸買西裝的，不過……你還是先把錢交給仙子吧！」

「那你的西裝呢？」

「那沒什麼！蝸牛，你兩天後再來這裡，我可以再給你多一點錢，這些日子我為爸爸而工作賺錢，現在我要為仙子多做些工作，再見囉！蝸牛！」

自此之後，一向工作到十點的皮諾丘，每天工作到半夜才休息，平日只編八只籃子，現在卻編十六只。

晚上，皮諾丘一倒到床上就沉沉睡去了，夢裡還見到美麗的仙子，溫柔地親吻他，並說：「勇敢的皮諾丘，看你現在這麼乖巧，我就原諒過去你的不聽話，只要孩子愛他的爸爸媽媽，雖然不能在學校當個模範生，但還是一樣值得讓人疼愛，好好聽話和孝順爸爸，相信以後你會過得很快樂。」

皮諾丘開心地從夢裡醒來，發現房間多了好多漂亮的家具，還有新衣服，新帽子，以及一雙發亮的新靴子。

皮諾丘穿上新衣服，雙手放進口袋掏出一只錢包，上頭寫著：「藍髮仙子還給皮諾丘的兩先令，謝謝皮諾丘的幫忙。」

皮諾丘打開錢包，裡頭放的不是兩先令，而是閃閃發亮的二十枚金幣。

皮諾丘接著跑到鏡子前面，他差點就認不出來自己，他已經不是木偶的樣子了，他是一個帥氣十足的小男孩，皮諾丘還以為自己是在做夢呢！

「爸爸！」皮諾丘興奮地大喊，傑貝托也變得和以前一樣充滿活力。

皮諾丘跑向爸爸並親吻他，接著問：「爸爸，為什麼一切都變了呢？」

「因為不聽話的小木偶已經改變了，所以家裡也變出了新氣象啊！」

「那以前的那個木偶呢？」

「喏！在那兒！」真正的男孩發現木偶歪斜地躺在椅子上……

皮諾丘看了很久，然後很滿意的說：「以前我長得還真是蠢，現在成為真正的小男孩，感覺真的好極了！」

國家圖書館出版品預行編目資料

木偶奇遇記／卡洛 · 科洛迪著；曾銘祥改寫繪圖；
——初版．——臺中市：晨星，2010.05〔民 99〕
面；　公分．——（愛讀書；02）
譯自：The Adventures of Pinocchio
ISBN 978-986-177-345-2（平裝）

877.59　　98024184

愛讀書 02

木偶奇遇記

作者　卡 洛 · 科 洛 迪
改寫　曾 銘 祥
繪圖　曾 銘 祥
執行編輯　黃 幸 代
校對　黃 幸 代 、 王 怡 樺
封面設計　陳 其 煇
美術編輯　林 姿 秀

發行人　陳銘民
發行所　晨星出版有限公司
台中市工業區 30 路 1 號
TEL：(04) 23595820　Fax：(04) 23550581
E-mail: morning@morningstar.com.tw
http://www.morningstar.com.tw
行政院新聞局局版台業字第 2500 號
法律顧問　甘龍強律師
承製　知己圖書股份有限公司　TEL：(04)23581803
初版　西元 2010 年 5 月 15 日

總經銷　知己圖書股份有限公司
郵政劃撥：15060393
（台北公司）台北市 106 羅斯福路二段 95 號 4F 之 3
TEL：(02)23672044　FAX：(02)23635741
（台中公司）台中市 407 工業區 30 路 1 號
TEL：(04)23595819　FAX：(04)23597123

定價 199 元
（缺頁或破損的書，請寄回更換）
ISBN 978-986-177-345-2
Published by Morningstar Publishing Inc.
Printed in Taiwan

讀者回函卡

感謝您的購買！

將回函卡寄回，讓小編姊姊好好認識你，告訴我這些資訊吧！

我的大名是 ______________________，我已經 __________ 歲，

生日是 ________ 年 ________ 月 ________ 日

我是 □男生 □女生，就讀 ______________________ 學校

我喜歡這本書，是因為 □漂亮的封面 □豐富的內頁插畫

□生動的文字 □有趣的養成手冊

能夠找到我的電話是 ______________________________

地址是 ______________________________

e-mail是 ______________________________

我喜歡這樣買書：□自己上書店買 □爸爸、媽媽買的

□學校書展 □其他 ____________

我想把《木偶奇遇記》推薦給更多朋友，

讓他們跟我一樣「愛讀書」！

姓名：	性別：□ 男 □ 女	年齡：
通訊地址：		
連絡電話：	電子信箱：	

想要看更多「愛讀書」系列作品嗎？

趕快上晨星出版，掌握最新的出版訊息！

http://www.morningstar.com.tw

請填妥後對折裝訂，直接投郵即可，免貼郵票。

廣告回函
台灣中區郵政管理局
登記證第 267 號
免貼郵票

407
台中市工業區 30 路 1 號
晨星出版有限公司

請沿虛線摺下裝訂，謝謝！